LOUIS-JOSEPH DOUCET

LES PALAIS CHIMERIQUES

POÉSIES

Je fus naïvement un pasteur de chimères.
J'ai mené leurs foules étranges
Par le ciel, par les monts, par les ondes amères.
Je les ai fait dormir sous l'aile des archanges.

RENÉ-ALBERT FLEURY.

Il faut estimer ce que l'homme fait
et non ce qu'il veut faire.

VIEUX PROVERBE.

QUÉBEC
152, rue des Stigmates, 152
1912

LOUIS-JOSEPH DOUCET

LES PALAIS CHIMERIQUES

POÉSIES

Je fus naïvement un pasteur de chimères.
J'ai mené leurs foules étranges
Par le ciel, par les monts, par les ondes amères.
Je les ai fait dormir sous l'aile des archanges.

René-Albert Fleury.

Il faut estimer ce que l'homme fait
et non ce qu'il veut faire.

Vieux Proverbe.

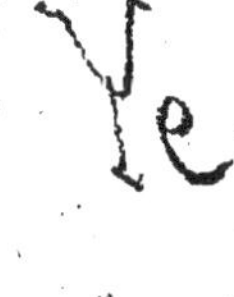

QUÉBEC
152, rue des Stigmates, 152

1912

A L'HONORABLE JEREMIE-L. DECARIE

Secrétaire de la Province de Québec

Respectueusement je dédie ce livre.

J.-L. D.

NON, MES PALAIS SONT CHIMERIQUES

BALLADE

I

Leur vue allège maint déboire,
Car je les orne de tableaux.
Que vous importe leur histoire,
On n'y vit jamais de complots.
On y perçoit maintes musiques,
Et dont tous les chœurs sont complets ;
Sont-ils tels que je les voulais ?
Non, mes palais sont chimériques !

II

Rayons d'Espagne en ma mémoire,
Clairs de lune au bord des coteaux,
Et, dans mon rêve, un peu de gloire,
Voilà mes palais, mes châteaux ;
Voulez-vous franchir leurs portiques ?
Votre âme y mettra ses reflets ;
Seront-ils beaux ? seront-ils laids ?
Non, mes palais sont chimériques !

III

J'ai peint une lisière noire
Dans la nervure des créneaux ;
Et pour les deuils, veuillez m'en croire,
J'ai mis un crêpe aux chapitaux.
Sont-ils de bois ? sont-ils de briques ?
Sur la glaise, ou sur les galets ?
Gothiques ou de style anglais ?
Non, mes palais sont chimériques !

IV

Prince, pour clore mes rubriques
Et mettre fin à mes couplets ;
Tu ne peux briser mes volets,
Non, mes palais sont chimériques !

PARMI LES NOCTURNES DECORS

I

Mainte fois, la nuit, je me lève
Et contemple les cieux sereins ;
Je mêle aux étoiles mon rêve
Et jette à l'ombre mes refrains.
Les astres semblent des yeux d'or,
A travers le voile des nues,
Clignant aux brises inconnues,
Parmi les nocturnes décors.

II

Ces yeux comptent les notes brèves
Qu'écrivent de divines mains,
Et dont les plumes sont des glaives
Qui trancheront nos lendemains ;
Astres des vivants et des morts,
Montrez aux âmes ingénues
Les éternelles avenues,
Parmi les nocturnes décors !

III

Pendant que nous errons sans trêve
Le long de nos tristes chemins,
Leurs rayons brillent sur la grève,

Sur les sommets, dans les ravins....
Astres, guidez-nous vers le port,
Loin du heurt des vagues chenues,
Et loin des tourmentes bourrues,
Parmi les nocturnes décors !

IV

ENVOI

Prince, mes vers sont sans efforts,
Mais d'une couleur bien venue :
Je les tisse d'ombre ténue,
Parmi les nocturnes décors.

TOUT AU FOND DES BOIS ENNEIGÉS

(BALLADE)

I

Or, voici mes palais de neige,
Que je visite tous les ans,
Quand l'aile des autans assiège
Leurs dômes houleux en tous sens ;
Souventes fois, au chant des bises,
Mon rêve y passe ses congés ;
Je promène ainsi mes hantises
Tout au fond des bois enneigés.

II

J'ai suivi maint et maint cortège,
A travers broussailles et champs ;
J'ai même suivi le collège
Dans les livres et sur les bancs ;
Et depuis lors je m'autorise
A citer des fonds d'abrégés ;
Mais mon âme surtout se grise
Tout au fond des bois enneigés.

III

Au fond des bois, il est des pièges
Plus cruels que les ouragans,
Puisqu'on y joint des sortilèges,
Loin des chemins et loin des camps ;
Et le marcheur à l'heure grise,
Tombe aux dents des loups enragés ;
Il crie, il lutte, il agonise
Tout au fond des bois enneigés.

ENVOI

Prince, ma dernière surprise
A bien failli tout ravager,
Palais et chimère entreprise,
Tout au fond des bois enneigés ! (1)

(1). Saint-Vincent-de-Paul, 8 janvier, 1912.
A 2.10 heures, collision ; j'écrivais le 23ième vers, " il agonise ", le choc fut terrible du côté du train montant et relativement faible de notre côté, le char fumoire fut presque complètement mis en pièces ; j'y vis une tête coupée, loin du tronc et dont les yeux s'efforçaient de s'ouvrir en même temps que la bouche, il y eut 8 morts et un grand nombre de blessés. Coincidence : mon père était dans le train montant, se rendant à Montréal ; j'étais dans le descendant, revenant à Québec.

ET JE RESTAURE LES PLUS VIEUX

(BALLADE)

I

Le premier est un sarcophage,
C'est un palais qui n'en est pas ;
Tout près d'ici, c'est l'ermitage
Et ma chaumière, tout là-bas ;
Voyez le palais de " Marraine ",
Que j'ai refermé de mon mieux ;
J'ai fait le tour de mon domaine,
Et je restaure les plus vieux.

II

Dans l'un je refais le ménage,
Dans l'autre je cuis mon repas ;
Au champ je fais du labourage,
Je ne compte jamais mes pas,
Ni ma sueur et ni ma peine ;
Mais au fond des horizons bleus
Je fais un rêve par semaine,
Et je restaure les plus vieux.

III

Qui me paiera de mon ouvrage ?
Ma foi, celui-là qui voudra ;
J'écris mon compte à chaque page,
C'est bien celui qui me lira :
Qui me lira sans fiel ni haine
Saura si mes murs sont de pieux,
Mais j'en ai fait de marjolaine,
Et je restaure les plus vieux.

IV

ENVOI

Prince, si ton âme hautaine
Trouve mes palais ennuyeux.
Visite-les avec ta reine...
Et je restaure les plus vieux !

DEVANT UN PALAIS DE MOMIE

En mon dur et lourd sarcophage
Je médite en la nuit des temps,
Loin de la vie et des naufrages,
Depuis bientôt quatre mille ans.

Voyez, ma chair s'est endormie
Dans le grand silence de mort ;
Je suis l'éternelle momie
D'avant Nabuchodonosor.

Le monde bourdonne et s'émiette
Au tour de mon muet destin ;
Les humains vont, l'âme inquiète,
Les Samsons et les philistins.

Moi, je dors sous les Pyramides,
Comme aux jours des grands pharaons,
Pendant que les mortels avides
S'agitent ainsi que des taons.

Comme le plant du sycomore
Le monde se répand partout ;
Les Hébreux désertent encore,
Et le veau d'or reste debout.

Passez mortels dans vos hantises,
Avant de descendre en un trou ;
J'ai connu toutes vos sottises,
On s'égorge encor pour un sou.

Pour saluer la caravane
Mes yeux errèrent au hasard ;
J'interrogeai la tramontane
Quand je servais chez Putiphar.

J'ai vu des horizons sans bornes,
Plus loin que l'ombre du palmier ;
J'ai visité des temples mornes,
Avant mon sommeil coutumier.

Les sables qu'un simoun transporte
Ont fait pleurer mes yeux, alors ;
J'ai médité dans les nuits mortes,
Avant de me mêler aux morts.

Personne ne dira ma vie,
Tant mon passé remonte loin ;
Que vaut ma poussière asservie
Autour de mes vieux os disjoints ?

J'ai traversé le Nil, l'Euphrate,
J'ai suivi maint et maint sentier ;
Je fus diplomate et pirate,
Je fus grand-prêtre et muletier.

Sur les sept merveilles du monde,
De mon vivant, j'ai médité :
Je sais le bien, je sais l'immonde
Dont se revêt l'humanité.

J'ai vu le Colosse de Rhodes
Criant sur les flots agités ;
J'entendis nombre d'épisodes
A son sujet interprétés.

J'ai vu le tombeau de Mausole
D'Halicarnasse abandonné ;
Maints prêtres et maintes idoles
Au fond des temples condamnés.

Et le temple doré d'Ephèse,
Construit par Diane chassant,
Sombre sous vingt pieds d'herbe épaisse
Que ne foule plus un passant.

Sous le phare d'Alexandrie
J'ai promené mes songes creux ;
J'ai contemplé l'onde en furie
Au couchant y versant ses feux.

J'ai compté des carrés de roses
Dans cinq jardins haut suspendus,
Lorsque Sémiramis morose
Semait son art et ses écus.

Et du grand Jupiter d'Olympe
J'ai vu le corps majestueux
Sur qui le temps s'acharne et grimpe
Comme un pampre silencieux.

L'Egypte garde en son mystère
Le souvenir d'autres décors,
Dont l'or en cendres séculaires
Ensevelit tant de remords.

Ma vie a fui dans la nuit morne
Au temps de mon peuple invaincu ;
J'ai scruté l'horizon sans bornes
Sachant qu'un jour j'aurais vécu.

Mes yeux ont contemplé la lune
Avant de s'éteindre à jamais,
La Mer Morte rongeait ses dunes
Avant Sodôme et Ghadanès ;

La lune n'était pas la même,
Elle était blanche et d'or vitreux ;
Depuis ma mort bien des problèmes
Sont sortis de cerveaux scabreux.

Pour un rien quelque fois l'on pleure,
Et d'autres souriront toujours,
Pour des midis à quatorze heures,
Et pour d'inutiles amours.

Pauvres humains, races futures
Qui combattrez, qui lutterez,
Les éternelles sépultures
Songez que vous les subirez.

Et, si grands que soient vos mérites,
N'oubliez jamais d'être bons,
Pour vingt-cinq lettres bien écrites
Sur vos tombeaux : noms et prénoms !

LE LOGIS DE MARRAINE

Tirez la chevillette, la bobinette cherra.
"Petit-Chaperon Rouge".

Au dedans, un bahut et le balai sans manche
Entre la cheminée et le châssis étroit ;
Et l'on ne peut entrer sans un certain émoi ;
Car tout s'y fait bien vieux, et la porte est sans clanche.

C'est un triste taudis, bâti planche sur planche
Non loin de la forêt, près du chemin du roy ;
En face un sapin vert et pointu, comme un doigt,
Semble indiquer ce soir la lune à face blanche...

Parlez bas, s'il vous plaît, voici le pauvre lit ;
On y sent un surcroit de cruauté lointaine :
Brisé le petit pot à bouillon de "Marraine,"

Mais comment faire enquête et prouver le délit
D'une bête cruelle, enfuie en quelque bouge ?....
Pourtant le "Loup" croqua " Petit Chaperon-Rouge " !

LA BALLADE DU NOUVEAU-NÉ.

I

Lorsque ma femme fut malade,
A son premier petit garçon,
J'ai médité cette ballade,
En fricassant à la maison ;
Car j'ai tenu la poêle à frire,
A la cuisine, sans façon,
Ma femme regardait sans rire,
Douillettement près du tison.

II

Mes patates en marmelade
Brûlèrent au fond du chaudron ;
Saler le thé, sucrer salade,
Ma foi, je ne pouvais suffire,
Adroit comme un colimaçon,
Je lachai tout, me mis à lire,
Douillettement près du tison.

III

Mais le petit devint maussade,
J'accours, j'accours, quel nourrisson !
Une vague odeur de muscade,

Se mêlait avec sa chanson....
Mes pauvres doigts je les retire
En les frappant sur la cloison !
— Hola, ma femme, tout conspire !
— Douillettement près du tison.

IV

ENVOI.

Prince, n'insulte pas ma lyre,
Si je m'arrête, j'ai raison :
En ménage on ne peut tout dire,
Douillettement près du tison.

LES CHATEAUX

Où sont mes beaux châteaux remplis d'illusions,
Dont les portails dorés appelaient la lumière,
Quand les couchants de gloire ou l'aurore plénière
Accrochaient en passant, leurs gerbes de rayons ?

Le rossignol y chante une belle chanson ;
La "Belle-au-Bois-Dormant" rêve de la fougère
Du splendide jardin ou la rose trémière,
Depuis bientôt mille ans, croît en toute saison...

Mais un jour, triste jour, je me suis mis en route,
En quête d'aventure et d'amour éperdu ;
Je vendis mes châteaux, ce fut la banqueroute.

Hélas ! plus de créneaux d'où l'on voit la cam-
[pagne,
Et ma jeunesse est morte, et mon rêve est vaincu...
Qui me rendra jamais mes beaux châteaux d'Es-
[pagne ?

PALAIS D'ARGILE

SONNET

Notre dernier palais est au fond de la terre ;
Avec nous inhumés nos rêves sont vaincus;
Et les plus caressés ne nous toucheront plus,
Tant nous serons épris du grand silence austère.

Voici le champ d'asile, aux croix du cimetière,
Où, pour nous protéger contre les jours bourrus,
On met sur notre front, sur nos espoirs perdus
Une planche de bois sur un morceau de pierre.

Le sable frais noircit, et l'herbe au vent du soir
Caresse notre oubli dans ce dernier asile ;
On y lit votre nom, quand ce nom est facile,

Et vous dormez toujours au fond du palais noir.
Et tout vous est égal ensuite : un chant de cloche
Où, pour le lit voisin, l'effort d'un coup de pioche.

LE CASTOR.

Castor industrieux de nos grèves lointaines,
Qui ronges ton écorce aux reflets du couchant,
Tes efforts coutumiers sont l'exemple touchant
Que devraient suivre encore les familles humaines.

Tu dis de travailler tout le long des semaines,
De nourrir son esprit, de cultiver son champ,
De s'appliquer toujours, de n'être pas méchant
Et d'aimer le ciel bleu durant les nuits sereines.

Le travail c'est ta vie, aux lacs de nos forêts.
Les tiens sont vertueux, vous êtes bons apôtres ;
Jamais pour t'enrichir tu ne pilles les autres.

C'est de toi qu'on apprit à faire des palais
Aussi beaux que celui des doges de Venise :
" L'humanité prospère " est, je crois, ta devise !

DOCILE PELERIN...

Docile pèlerin du sentier des chimères,
J'ai souvent contemplé leurs drapeaux glorieux ;
J'ai longtemps écouté leurs chœurs mélodieux,
Sous les sapins pointus et leur nuit de mystère.

L'horizon poudroyait sous des brumes légères
Dans la mélancolie et de l'ombre et des cieux ;
Une émotion vive alourdissait mes yeux,
Ma prière pleurait vers les rayons lunaires.

Brises qui caressez les boucles de cheveux,
Rêves qui proclamez la présence des dieux,
Chimères qui bercez l'âme de la jeunesse,

Qui vous dit de semer sur nos fronts la tendresse ?
D'où vient la grande paix que vous versez en nous?
D'où vient qu'on est forcé de se mettre à genoux ?

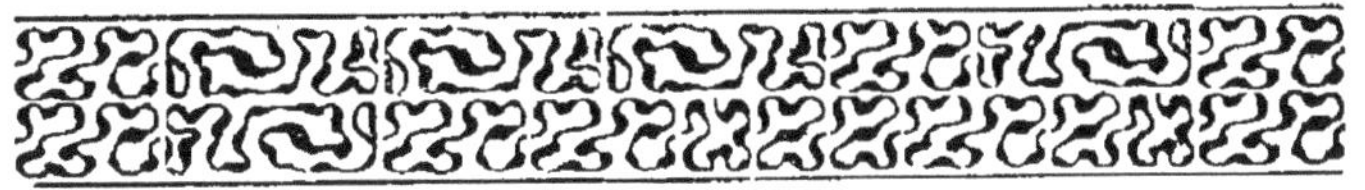

L'OMBRE ET LE SILENCE

Quand le soir descendu sur leurs branches rêveu-
[ses,
Malgré les clairs de lune éblouis à leur pied,
Les grands pins, vagissant dans les brises chan-
[teuses,
Mêlent à notre exil une ombre de pitié ;

Une ombre de pitié qui rafraîchit la terre,
Et qui dit à l'azur : " J'ai plus d'amour que toi,
Les yeux d'or de ton ciel éclairent le mystère,
Ma tristesse profonde a fait pleurer les bois. "

Voilà pourquoi, le soir, quand grandit le silence,
Je repose parfois sous l'ombre des grands pins ;
Seul avec ma pensée, avec ma conscience,
Je puis remercier Dieu qui m'a donné du pain.

Ombres des vastes soirs, ombres des solitudes
Qui versez en nos cœurs la paix et le repos,
Conservez votre amour au front des multitudes
Et pour les rêves d'or qui montent des cerveaux !

OR LE VENT ET LA PLUIE

Or le vent et la pluie ont opprimé le jour ;
Le soir a des souleurs et l'ombre se lamente
Près du calvaire ému des sursauts de tourmente :
Les blessures du Christ, vont s'ouvrir pour tou-
[jours !

La souffrance est partout ; la nature à son tour
Se résigne au remords de mainte âme démente,
Sous les souffles impurs d'une force inclémente...
La foudre au loin s'éveille en des grognements
[sourds.

Fouillant taillis, chemins, nous brûlant les pru-
[nelles,
L'éclair puissant combat toutes les choses frêles :
Et les cœurs ont frémi d'un frisson effaré.

On dirait que des voix, en d'autres nuits loin-
[taines,
Et qu'on ignore encore, ont crié par centaines :
La foudre a dévasté notre Olympe sacré !

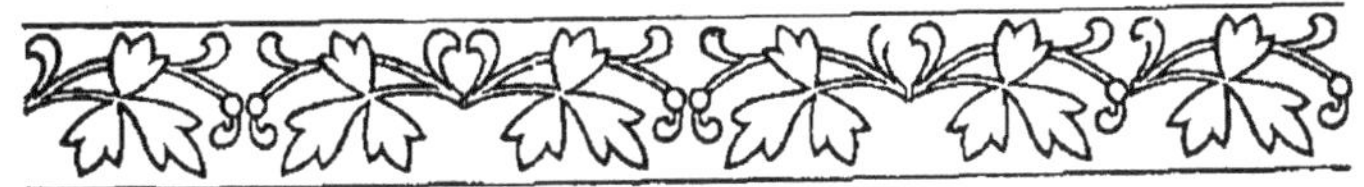

LE CHANT DES AMES

Comme le vieil azur des fleuves
Participe aux bercements clairs,
Il est parfois des âmes neuves
Dont les sourires sont amers.

Il est aussi mainte âme aimante,
Malgré tout le regret des jours,
Qui vibre parmi la tourmente,
Qui comprenne tous les amours ;

Et lorsque le soleil replonge
Par delà la cime des monts,
Ces âmes revivent de songe,
A l'appel des grands soirs profonds :

Car il est des soirs sans mélange,
De doux regrets. de saints ave,
Dont les astres sont des yeux d'anges,
Et ces soirs-là nous font rêver.

Il est des soirs qui nous consolent
De nos revers quotidiens ;
Ces soirs ont de douces paroles,
Que dictent nos anges gardiens.

Les âmes mêlent leurs tendresse
A tous les vents de nos ennuis,
Et réchauffent de leur jeunesse
Le paysage froid des nuits....

Le soir gémit, le flot s'endeuille
Aux vents d'automne épouvantés,
Et tout se meurt, tout se défeuille,
Quand le ciel éteint ses clartés.

Il est des soirs remplis de crainte
Que maint poète a racontés,
Mêlés de souleurs et de plaintes,
Ces soirs nous font nous lamenter.

Il est des soirs joyeux qui brillent,
Où tout sourit, plein de bonté,
Au bord des étangs, des charmilles,
Et ces soirs-là nous font chanter.

Il est des soirs pleins de prières,
Aux voix des clochers effarés,
Troublant l'ombre des cimetières,
Et ces soirs-là nous font pleurer !

CUEILLONS L'AZUR.

Cueillons l'azur pour notre rêve,
Pour notre âme cueillons l'amour ;
Chantons la vie et l'heure brève,
Prions la nuit, chantons le jour !

Chassez du fond de vos pensées
Tous les mots haineux des méchants
Par quoi les âmes sont blessées ;
Semez le bien dans tous les champs.

La haine est une maladie,
La haine est un travail malsain,
Dont notre vie est enlaidie,
Et qui rend le bras assassin.

Priez le ciel, aimez l'aurore,
Aimez le beau, fuyez le laid ;
Quand le jour meurt, aimez encore
Jusqu'à son ultime reflet.

La vie a besoin de lumière :
Plus nous vivons plus il en faut ;
Evitons la boue et l'ornière,
Marchons plus loin, voyons plus haut.

Plus haut que la triste cohue,
Et plus loin que les fourvoyés ;
Cherchons l'étoile dans la nue
Malgré tant de boue à nos pieds !

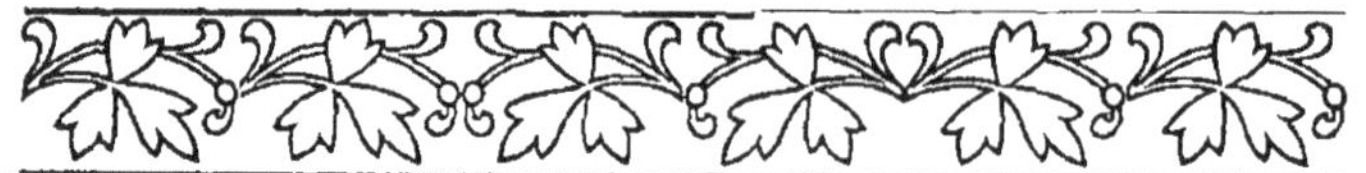

LES MACHINES A VAPEUR

Or j'ai longtemps subi votre bruit de ferraille
Et vos sifflets hurlants qui parfois nous font peur;
Et vous roulez toujours, machines à vapeur
Affligeant l'horizon comme un heurt de mitraille.

Vous étonnez le sol jusque dans ses entrailles,
Et lancez vers le ciel des défis, des clameurs ;
Vous silonnez la nuit de sinistres lueurs,
Et vos flancs sont remplis du danger des batailles.

Vous êtes le récit d'un siècle de progrès :
Les calculs d'Archimède ont livré leurs secrets :
Vous ouvrirez l'espace aux élans d'une armée.

Courriers des ports lointains dont vous trainez
[l'espoir,
Je lis au bord du ciel votre tourbillon noir :
— Pour encenser le ciel l'homme a fait la fumée !

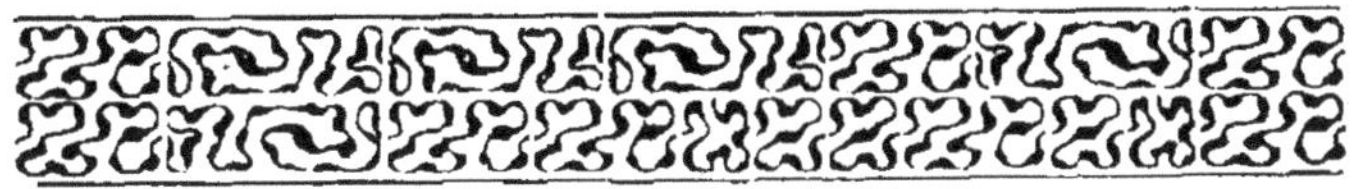

LE TEMPS QUI SE NOURRIT...

Le temps qui se nourrit de pauvres âmes mortes,
Qui souffle sur la cendre après chaque trépas ;
Le temps, vengeur muet qui ne pardonne pas,
Rassemble sur nos os ses ombres les plus fortes.

Des combats sur les fronts, les fronts petits où [grands,
S'engagent violemment contre toutes mémoires :
Les ombres ont toujours d'éclatantes victoires,
Et l'oubli niveleur égalise les rangs....

Un silence éternel sera le dernier dôme
De l'avare passé de nos rêves humains :
Nul sourire d'espoir au fond des lendemains,
Aucun regret de Loth aux lueurs de Sodôme !

Le poignard d'Abraham sera bien ébréché :
Issaac à jamais dort déjà dans sa cendre ;
Et les plus révoltés devront aussi descendre
Au lieu de s'élever pour être mieux couchés.

L'Éternité viendra sceller toutes les bouches
D'une motte de terre emportée en sa main,
La prunelle égarée au tournant du chemin
Ignorera toujours la couleur de sa couche.

LES CORBEAUX

Dans l'arche de Noé vos ailes étaient blanches.
Vous avez pris le deuil, et vous vivez cent ans.
Votre rauque refrain évoque d'anciens temps,
Croassez dans nos champs, croassez sur vos
[branches !

Vos nids sont aux pins verts dont on fera des
[planches.
Avec leurs gais soleils vous comptez cent prin-
[temps....
Les pins seront cercueils, on nous mettra dedans...
Vous comptez cent hivers avec leurs avalanches.

Ils vous ont protégés tout un siècle ces arbres :
Loin de vos coups de bec, plongés au champ des
[marbres,
Nos corps iront dormir au bois ou vous dormez !

Nous n'entendrons plus rien, pas même vos cris
[fauves,
Pour marquer les saisons sur nos pauvres fronts
[chauves,
Entre des bouts de planches et le sol refermés !

L'EAU PROFONDE

Du haut de la falaise au granit menaçant,
Avez-vous contemplé l'eau noire, l'eau profonde
Où fleurit un remous qui reflète, en passant,
Le velours de la nuit et des follets en ronde ?

Et parmis les rayons de lune, bien souvent,
Brille l'âme de ceux qui vivaient en ce monde,
Et qui se sont noyés dans ce chaos mouvant :
C'est le pourquoi des deuils qui se mêlent à l'onde.

Et le goufre a des voix qui parlent dans la nuit,
La mer a des sanglots qui demandent l'aurore,
Et quand le vent s'est tu, la vague pleure encore.

Et toujours, on peut voir quelque chose qui luit,
Au bercement des flots, ainsi que des chandelles
Eclairant la douleur des âmes éternelles !

DEVANT LA STATUE DE MONTCALM

O peuple canadien, voici Montcalm, regarde,
Sa grande ombre nous dit : Souvenez-vous des
[morts !
De ceux qui sont tombés, là bas, à l'avant-garde,
Sacrifiant leur vie en suprêmes efforts.

Sur le champ de carnage où luttait son armée,
L'espérance tombait comme le jour baissant ;
Mortellement blessé, Montcalm, dans la fumée,
De loin vit sa défaite et Wolfe agonisant.

Et ce n'est pas le plomb qui lui fit rendre l'âme,
Bien que frappé d'un coup dont on ne revient
[pas :
Son cœur cessa de battre à la dernière flamme
D'espoir pour le pays en ces derniers combats.

Puis il voulut crier : — C'est donc finit la France
Au bord du Saint-Laurent, ô Dieu de l'univers ?
De savoir tout perdu, c'était là sa souffrance,
Croyant que l'avenir sombrait dans ce revers.

Il redit quelques mots, les dernières prières,
Pendant qu'au loin chantait un clairon revenu ;
Et des pleurs très cuisants lui brûlaient la pau-
[pière,
Et son âme partit, au séjour inconnu....

La bataille, ô Montcalm, n'est pas encor perdue,
Et ce sol est fécond arrosé de ton sang....
Éveille-toi, Marquis ! Après la tâche ardue,
Il reste pour t'aimer des cœurs reconnaissants.

Cors et clairons, sonnez la marche triomphale !
L'echo des jours nouveaux fait chanter les an-
[ciens ;
Les jours anciens ont moins de larmes sépulcrales,
Montcalm a sa statue, il reste avec les siens.

Unissons les drapeaux que déroule la brise ;
Unissons tous les cœurs capables de s'aimer !
Tant que la vieille voix des cloches de l'église,
Dans son chant d'allégressse, aura su nous char-
[mer !

Tant que sur nos remparts blanchiront les aurores,
Tant que les Canadiens écouteront leur cœur,
Nous mêlerons les deux, l'"Union" au tricolore,
La France a notre amour, nos serments au Vain-
[queur !

Qu'on se presse les mains aujourd'hui sans épée ;
Qu'un accord éternel se lie au souvenir,
Puisque nos grands héros rentrent dans l'épopée ;
Saluons le Passé, marchons à l'Avenir !

Car le Dieu des héros pour tout peuple est le même,
Et l'exemple des preux est fait pour soutenir :
Wolfe et Montcalm tombés dans la lutte suprême
Disent au même Dieu de toujours nous bénir.

Lorsque la paix du soir descendra sur la ville,
Tu béniras, Montcalm, l'ombre des jours nou-
[veaux ;

Une autre âme à la tienne, à cette heure
[tranquille
Viendra sourire encór du fond de son tombeau...

Ne crains pas, ne crains rien, Général c'est ton
[monde !
Wolfe, je te salue, ô noble conquérant ;
Salut à toi, vainqueur, et ta gloire est profonde,
Laissez-nous nous aimer, car nous sommes
[parents,

Pendant que retentit l'hymne à " La Marseil-
[laise",
Vers les nuages blancs, drapeaux de l'horizon,
Wolfe penché vers nous peut sourire à son aise.
Puisqu'on reste fidèle à son fière Albion.

Qu'importent les rayons mâlés aux soirs d'au-
tomne ?
Et qu'importe l'hiver avec tous ses frimats ?
Notre espoir se rallume au feu d'une couronne,
Et la France aime encor son fils le Canada !

Le cœur des Canadiens s'ouvre large et sincère ;
Nons savons respecter le silence des morts :
Les cercueils sont en paix, nous aimons l'Angle-
[terre ;
Nousne la trompons pas, pour vivre sansremords.

Nous ne confondons pas la nourrice et la mère.
Mais l'une a nos respects, la France a nos bai-
[sers.
Qu'importent les fardeaux, qu'importent nos mi-
[sères ?
Le courage est plus grand au chemin malaisé.

En des jours plus ardents où pleurait l'espérance,
Nous avons évoqué la vaillance des preux,
De ces preux qui priaient dans la langue de
[France,
Et qui traçaient pour nous des sillons généreux.

Et Montcalm fut de ceux qu'une gloire trans-
[porte ;
Tourmenté dans la lutte, il a lutté plus fort ;
S'enivrant du combat, son âme était plus forte,
Avant l'espoir sombré de la vie à la mort.

Le front ceint de lauriers des mains de la patrie,
Montcalm est revenu, le peuple l'attendait....
La France vit toujours, de sa voix attendrie
Elle compte ses fils, ceux qui la défendaient !

Québec, octobre 1911.

DEVANT LA STATUE DE MERCIER

La patrie aux grands morts sait demeurer fidèle :
S'inspirant du passé qu'elle doit retenir,
Au tombeau de ses fils c'est une sentinelle
Qui relit sur l'airain le chant du souvenir.

Le temps détruit l'argile et respecte les âmes
Dont le cri se transmet aux échos solennels ;
Les aubes de nos jours héritent de leurs flammes,
Et nous gardons l'adieu de leurs départs charnels.

Dormez ô défenseurs dont s'honore l'histoire,
Il brille en votre nuit un astre radieux !
Quand notre cœur s'émeut c'est pour votre mé-
[moire :
Le Canada revit du souffle des aïeux.

Pour rallier leur peuple ils ont usé leur vie ;
Vaillants, ils ont lutté pour assurer nos droits ;
Plus loin que l'égoïsme, et plus fort que l'envie,
Ils ont vu l'avenir, nous ont transmis leur voix.

Parmis ces grandes voix du peuple retenues,
Dont Québec se souvient plus attentivement,
Il en est une encor dont la fierté connue
Sème dans tous les cœurs un attendrissement.

Un tribun s'est levé pour protester, naguère,
Devant Québec en deuil d'un supplice outrancier ;
A sa parole chaude, à sa justice fière,
Québec applaudissait la valeur de Mercier !

Mercier, c'est en ton nom que la foule est venue,
C'est encore en ton nom que notre âme a chanté ;
Notre ferveur à nous jamais ne diminue :
Reconnais tes amis, c'est la postérité !

C'est la postérité qui grandit, qui t'acclame,
C'est notre peuple ému, c'est Québec souverain !
Qui, par le souvenir, vient réchauffer ton âme,
Autour de ta statue, autour de ton airain.

Devant la paix des morts les rancunes sont mortes;
Tu n'as plus d'ennemis, il n'en existe plus !
Les voix du souvenir sont les voix les plus fortes,
Nous voulions t'acclamer, et nous sommes venus !

Oui, nous sommes venus saluer ton image
Dont le profil vainqueur bravera les autans.
Nous te reconnaissons, reçois donc notre hom-
[mage,
L'hommage de nos cœurs et l'hommage du temps.

Ah ! nous sommes contents, ta grande ombre con-
[sole,
Et rappelle en ce jour tes triomphes anciens ;
Car ton geste était beau, chaude était ta parole
Qui charma tant de fois le peuple canadien..

Notre province un jour par toi fut agrandie,
Tout agrandissement veut un bon ouvrier,
Lève ton front, Mercier, puisqu'on te remercie,
Et ce remerciement te vient d'un peuple entier....

Un jour qu'on lui parlait de vengeance sans bor-
[ne,
Tout en le provoquant dans un geste effaré :
— " Ma vengeance est chrétienne à moi, je vous
[pardonne,
Et c'est ainsi, dit-il, que je me vengerai ".

Et, noble, il ajoutait, dans un geste splendide,
Devant la foule émue à ses accents charmés :
" O peuple, cesse donc tes luttes fratricides,
Amis, cessons enfin nos combats acharnés " !

EVOCATION

Le froid fait éclater les bardeaux sur les toits.
La lune est pâle et triste avec ses engelures.
Il va venter : la nue avec ses découpures
De peau de tigre, au sud-est des trois rois,

Livre aux autans prochains une large ouverture ;
Avec leurs ailes de hiboux, au bord des bois,
Les vents viendront mêler leur grande voix
Au hurlement hideux de loups à l'aventure,

Un feu follet s'émiette au chemin du cordon ;
La nuit a des échos de plaintes ingénues,
Et d'étranges rayons filtrent au fond des nues.

Une cloche a tinté là-bas, là bas. ding dong....
C'est minuit, c'est Noël, sous les cieux constellés,
Qui sème un gloria sur les sapins gelés !

PRIERE DE NOEL

Des plus humbles clochers aux fières cathédrales,
Les cloches ont chanté leur splendide refrain ;
Et nous avons compris qu'aux voutes sidérales
Notre espoir s'élevait en l'amour souverain.

Accords mystérieux des lyres solennelles,
D'où vient que vos échos s'unissent à nos chants ?
D'où vient que les accents des bouches éternelles
Aident notre cantique au ciel en même temps ?

Sainte nuit de Noël, repos des fronts moroses,
Sainte nuit de Jésus, chanteuse d'infini,
Pleine de grands frissons, pleine d'apothéoses,
O nuit, c'est donc bien vrai que le ciel te bénit !

O nuit, c'est donc bien vrai que ton rêve est de [gloire,
Depuis que des bergers, vers la Crêche, là bas,
L'âme sur des rayons. fuyant la route noire,
Cadençaient leurs refrains pour mieux hâter le [pas....

Je sais qu'il faut marcher pour traverser la vie ;
Conduisez-moi, Seigneur, vers le port éternel ;
A travers ma misère, et plus loin que l'envie,
Je veux frapper un jour au seuil de votre ciel.

C'est pourquoi je médite et c'est pourquoi je prie,
Pendant que l'hiver froid aveugle les carreaux ;
Pendant que les clochers éveillent la patrie,
Pendant que les autans affligent les coteaux.

Voici que l'encens bleu parfume les grands cier-
[ges,
Tandis que la forêt incline ses rameaux ;
Voici qu'un songe ému flotte au regard des vier-
[ges,
Lorsque les cieux onverts ont de divins échos.

Seigneur, jetez sur nous une de vos pensées ;
Versez sur notre front la clarté qu'il lui faut ;
Remplissez pour la soif les sources épuisées ;
Aidez-nous à marcher, la force vient d'en haut !

Nous parfumons notre âme à l'encens des priè-
[res ;
Mèlez à notre fiel le miel de la bonté ;
Pardonnez-nous, Seigneur, vous savez nos misères,
Pardonnez, pardonnez toute l'humanité !

Le ciel c'est l'idéal, la divine prébende ;
Votre pensée est tout, votre oubli le néant.
Qu'importe de tomber, pourvu que l'on se rende
Au port de votre amour, votre amour océan !

Votre force est bonté, votre amour est sans bornes;
Vous bénissez deux fois ce que vous nous donnez:
Vous semez les jours clairs, vous comptez les
[nuits mornes,
Comptez combien d'instants nous sommes enchaî-
[nés !

Voila pourquoi, Seigneur, mon plus fervent can-
[tique,
Pendant que la nuit brune entend tous les clochers,
Sera de vous aimer comme un berger antique,
De contempler le ciel comme un pauvre nocher..

Sainte étoile des mers, pour mon cœur en détresse
Qui vogue menacé par la vague et le vent,
Guide-moi, triste et frêle, aux pieds de son Altesse
Son Altesse des cieux que j'implore souvent.

Noël des miséreux et des pauvres étables,
Apporte un rayon doux au fond de tous les yeux.
Noel de la richesse et des plus belles tables,
Verse un peu de pitié dans le cœur des heureux!

Si nous sommes chrétiens, nos jours sont de mé-
[langes ;
Une griffe infernale a balafré nos fronts ;
Conduisez-nous, Seigneur, aux Noëls de vos anges,
Où l'on ne tremble plus de manquer vos pardons?

Que vous font la finesse et la force des hommes ?
Le blasphème et la ruse atteignent-ils vos pieds ?
Mais je crois qu'un Pater, à genoux où nous som-
[mes,
Charme encor votre oreille, ô GRAND CRUCI-
[FIÉ !

Noël ! Noël, témoin de ses larmes divines,
Mêle à tes carillons nos pater les plus doux !
Noël dans les roseaux, Noël sur les ravines,
Porte à son trône d'or ma prière à genoux !

30 novembre, 1911.

MINUIT

Sur les toits la fumée en spirales tournoie ;
C'est l'hiver, et le froid pèse sur la cité.
La tempête, au dehors au souffle tourmenté,
Sort de l'ombre et sous les reverbères rougeoie.

Minuit tinte à l'église et l'orgue, plein de joie,
Présageant " Natus est", module in " Adeste, "
Et vient " Minuit Chrétien " de sonore beauté
Dans un flot d'harmonie où notre âme se noie.

Bien des petits enfants. dans un rêve confus,
Ont souri tendrement au bon petit Jésus
Dont le sourire ému contient toute une gloire.

Tandis qu'un coin de lune a semé son rayon,
L'étoile du berger a béni l'horizon,
Et, malgré l'ouragan, cette nuit est moins noire!

PRES DE L'ATRE

Accoudé près de l'âtre où le bois sec flamboie
J'écoute la marmite égrener sa chanson
Sur le pétillement sonore du tison
Qu'on croit plein de douceur et fou de claire joie.

Pendant que son azur ébloui meurt en proie
Aux tourments d'agonie, en riche floraison,
Cette gloire du feu, l'âpre et dure saison
Sème froidure et neige et partout se déploie....

Cendres de nos foyers, du rêve et des regrets
Témoins, témoins aussi de nos pauvres secrets,
Votre fumée enclose a réchauffé notre âme ;

Un jour, comme nous, vous retournerez au sol.
Pour que les blés soient d'or, aux couchants
[pleins d'envol,
Nourrissez les sillons d'un souvenir de flamme !

SOIRS D'HIVER.

Par ces soirs on corrige, on refait des chapitres,
Pour le prochain volume écrit sans grand façon ;
Honnête on l'est toujours ; puis on est bon garçon,
On ne fait rien de trop, et l'on classe les titres.

Il me faut, pour cela, m'acheter vingt bons litres
De vin de France, afin de passer la saison ;
Car cet hiver frileux envahit ma maison,
Fait craquer les bardeaux, badigeonne les vitres.

Je vais étudier le pays, ses confins
Pour mon poème : encor de la géographie !
Ma mémoire n'est pas pour qu'en tout je m'y fie ;

Que de précautions à ce livre, sans fin !
--"Aubes Mortes",tu sais,mille soins et retouches,
Tout en buvant mon verre et fumant quelques
[touches

LES CHAMPS DE NEIGES

Les champs d'ombre et de neige ont ému ma pensée;
Et je songe ce soir à tous les miséreux
Qui vont, par cet hiver, tristes et langoureux,
Courbés sous le malheur et la bise glacée ;

Car j'ai bien fait ma part de la course lassée,
A travers la froidure et dans les chemins creux,
Battu par la tempête ainsi que tant de preux,
Et rêvant de repos et de table dressée ;

Je rêvais des Noëls et de belles chansons,
A travers les tourments du vent des horizons,
Où s'éveille un fantôme avec la nuit plus noire.

Je rêvais à ma mère assise près du feu,
Aux senteurs du café qui gonfle et brûle un peu
Sur les tisons rougis où pétille une gloire !

VAINE PAROLE

Je rêve une montagne aux confins de ce monde,
Loin du bruit des cités où vieillissent nos jours :
Je rêve un soleil d'or semant la paix profonde
Sur le sommeil des dieux endormis pour toujours:

Je rêve aux rayons doux, aux éternités roses
Dont s'alourdit le temps en creusant son sillon,
Au sarcophage ému des fleurs de lis encloses
Parfumant les cheveux des femmes d'Absolon.

Et larmes de Moab, appels d'Egyptiennes,
Espérance de l'Arche au sommet de Nébo,
Agrémentent nos nuits de caresses anciennes,
Tant mon front est léger dans un nimbe si beau.

En attendant la mort de toutes vos chimères,
Bercez, un soir au moins, leur douceur de lilas !
Ne méprisez jamais le frisson des mystères
De l'aube trépassée avec la voix des glas !

Québec 18 Décembre 1911.

NOUS ECOUTIONS AU LOIN

Nous écoutions au loin la cloche de l'église,
Le soir en revenant par le sentier du bois ;
Nos cœurs étaient légers, légers comme la brise,
Dans notre espoir doré des rêves d'autrefois.

J'entends encor la voix des douces solitudes
Aux ondulations des seigles et des blés ;
Les horizons décrus recevaient leurs préludes
Dans le calme des jours que rien n'avait troublés.

Notre jeunesse est morte, hélas ! et c'est peu dire,
Quand notre âme est en deuil et le front abimé.
La jeunesse inhumée, il n'est plus de sourire,
L'âme n'est plus qu'une ombre après avoir aimé !

Maintenant nous pleurons avec l'ami qui pleure,
Maintenant nous souffrons avec les cœurs souf-
[frants,
Car il ne faut plus croire au destin qui nous leurre,
Les pourquoi de nos maux apparaissent flagrants.

Le ciel n'est pas utile a moins que tù l'adores ;
L'arbre peut-il servir perdu dans les forêts ?
Le jour n'existe pas pour celui qui l'ignore
Et mon cœur ne bat plus avec tant de regrets !

LES CHANTS DÉSESPERÉS.

(SONNET)

Les plus beaux vers sont ceux qu'on n'écrit pas.
LAMARTINE.

En nos veilles, parfois, les muses endormies
Inspirent nos refrains teintés d'ombre et de soir ;
Et, lorsque blanchit l'aube au bord du fleuve noir,
Nous aimons retenir leurs douces litanies.

Mais on est maladroit devant tant d'harmonies ;
On a beau marteler, scander, dans son rêvoir,
Ses vers et les polir, ils sont affreux à voir,
Après la gloire d'or de ces voix infinies....

Comment se résigner à vous traduire ainsi,
Chants de rêve et d'amour murmurés par les mu-
[ses ?
Et c'est le désespoir, nos plumes sont confuses !

Votre joie est mêlée au vent de maint souci :
Les plus beaux vers, hélas ! comme a dit Lamar-
[tine,
Meurent au fond des cœurs, dans leur flamme
[divine !

PERMETS ENCORE

Permets encor que je te chante,
Printemps, pour la centième fois,
Si mon âme n'est plus méchante,
C'est qu'elle a gouté de tes bois.

Le ruisseau reprend son murmure,
A l'ancien nid reprend l'amour,
Les lilas s'ornent de guipures
Le fleuve s'orne d'un beau jour.

Foin de l'hiver ! foin de l'automne !
Et maintenant tout rajeunit ;
Le Seigneur à la rose donne
Un parfum qui vous réjouit.

O doux printemps, dans ta douceur,
De Dieu tu portes le message,
Message conciliateur
D'un nouveau bien être avec l'âge !

LA VOIX DES SOIRS.

Les soirs mystérieux où grondent les orages,
Et les soirs pleins de gloire où brillent les couchants;
Les soirs d'automne en leurs nuages
Et qui battent la feuille aux champs ;

Les soirs plaintifs et qui se meurent,
Comme une aube, entre chien et loup,
Les soirs qui dans les branches pleurent
Je les sais par cœur, et partout.

Je sais les soirs plein d'indolence
Où passe la douceur d'aimer :
Je sais les soirs pleins d'espérance,
Et dont mon cœur s'est parfumé.

Je sais les soirs aux clairs de lune
Et qui scintillent dans les eaux,
Et qui se plaignent sur la lune
Et gémissent dans les roseaux ;

Mais les plus beaux soirs de la vie
Succèdent à nos durs travaux,
Tant je comprends leur harmonie
Et tant je goûte leur repos.

Après les tracas de la ferme
Au chant des " Angelus " lointains,
Mon cœur s'ouvre quand tout se ferme
Et bénit Dieu de ses destins.

LES NAUFRAGES.

Qui sait ? venez-vous des épaves
Qui roulent là-bas dans les flots,
Voix des soirs, plaintives ou graves
Qui mêlez aux vents vos sanglots !

En ces temps de heurts, de naufrages,
L'appel des âmes est vibrant,
Leur prière monte aux nuages,
Au ciel, refuge des mourants.

Pauvres mourants ! leur bouche ouverte
Appelle en vain quelque secours,
Agitez-vous dans l'onde verte
Dont vous suivrez longtemps le cours !

Leurs faces, autrefois, splendides
Font des grimaces au ciel noir ;
L'onde et la mort sèment des rides
Sur ces vaincus du désespoir.

Leur bouche ouverte au dernier spasme
Montre son ratelier mal mis.
Front qui connus l'enthousiasme,
Comme le destin t'a soumis !

Battu par l'océan immense,
Lorsque la tempête mugit,
Vogue, pauvre front en démence,
Vers l'aube des matins rougis !

L'on rit du danger sur la rive
Des abimes pleins de trépas,
L'on s'agite quand il arrive,
Car le malheur marche à grand pas !

SUR LA PROUE D'UN NAVIRE

Tu pars et tu reviens sur les flots inconnus ;
Superbe est le retour qui se fait à demande.
Moi, quand je partirai, je ne reviendrai plus :
Les départs sans retour c'est Dieu qui les com-
[mande !

DU HAUT DE MA FENETRE

Du haut de ma fenêtre où je rêve souvent,
J'écoute avec amour toutes les voix du vent,
Qui caresse les fronts d'une haleine profonde,
Changeant à l'infini comme l'âme du monde,
Et, selon l'horizon de tristesse ou d'azur,
Selon l'accent des soirs ou moins grave ou plus pur,
Selon le grand courroux ou gaité des esprits
Qui s'agitent toujours dans leurs vols incompris,
Selon le tourbillon qui tourmente la vague
Gémissant au rivage, au sable qui divague,
Sous la muse égayée ou soumise à ses pleurs,
J'entends toutes ces voix du rire ou des douleurs.

Très avant dans la nuit, parfois jusqu'à l'aurore,
Méditant maint accent, ou plaintif ou sonore,
Mon cœur qui sait comprendre et la nuit et le jour.
Mon cœur s'est ennivré d'un martyre d'amour...
Du haut de ma fenêtre au ciel de juin ouverte,
J'ai comtemplé l'azur et la campagne verte.
Mon âme voltigeait au bout de maints clochers,
Ayant pris son essor aux cimes des rochers....
Au loin la mer est bleue et propice à la voile ;
Plus près sont les pruniers dont la blancheur s'étoile
A travers les rayons du soleil de midi.
Plus près passe un cheval d'un pas très alourdi.

A la hauteur des toits ornés de girouette,
Sous la meule de foin tout plein les échelettes,
Grince le chariot tiré par ce cheval
Qui suit la route torte, en amont, en aval.
Ah ! le voici rendu, vis-à-vis cette grange ;
L'homme le bat ; son cou fait des signes étranges.
On s'avance, il va mieux. Il fait bien chaud partout:
Et que ne puissions-nous nous mettre en quelque [trou,
A l'ombre? Où fuir un peu l'étouffement des villes,
Comme Tytire un jour dans les vers de Virgile ?
Oh ! le hêtre touffus décrit au premier chant !
Au bord de la forêt d'où l'on a vue au champ !

Reposons notre vue à ce vieux toit qui fume.
Reposons-nous un peu, déposons cette plume ....
Qu'importe, voici l'heure, et le soleil descend
Par de là les monts bleus qui se tachent de sang,
Du sang du grand soleil qui finit sa carrière,
Qui se meurt, on dirait, en tombant en arrière,
En regardant de biais sur les champs, sur les toits,
Et sur le cimetière et jusqu'au bord des bois !
Voici l'heure où la cloche appelle à la prière ;
Voici l'heure où l'écho s'approche du mystère,
Voici l'heure de paix qu'on voudrait retenir,
Où l'âme veut aimer, où le ciel veut bénir !

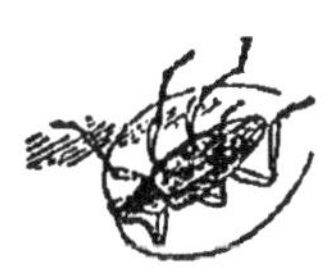

A LA MUSE

I

Quand ils dormiront tous, j'irai te voir ma mie,
Et je prierai le songe où tu t'es endormie,

Muse, je le prierai, l'âme pleine d'émoi,
De graver en ton cœur un souvenir pour moi....

Que ton sommeil soit doux et douce soit ta vie,
Car je t'aime beaucoup, sache-le mon amie !....

L'ombre du soir s'attache aux branches comme
[aux fleurs ;
Ne me repousse pas, je suis une ombre en pleurs !

Et mon cœur isolé veut l'éclair de tes yeux,
Pour ma nuit sans sommeil, c'est un rayon des cieux

C'est un peu de printemps et c'est un peu d'aurore,
C'est le jour ni la nuit, c'est beaucoup plus encore;

C'est l'azur infini pris aux vagues des mers ;
Tes yeux sont un poême éclos des plus beaux vers;

Et je veux, et tu veux, pour calmer mon délire,
Me permettre ce soir les lire et les relire.

Que d'amour contenu dans ta vive prunelle
Pleine d'un songe échu de la vie éternelle !

II

Le rêve que m'apporte un seul regard de toi
Illumine mon cœur d'un chaud rayon de vie :
Je marche plus allègre et mon âme ravie
S'abreuve encor ce soir aux sources de l'émoi.

Quand mon cœur est mourant, ma pauvre âme
[demeure,
C'est elle qui dira de prier Dieu pour moi.....
Lorsque l'écho du soir semble une voix qui pleure,
Vous qui savez prier, priez le ciel pour moi !

Sache qu'on souffre moins lorsque plus on espère,
Aussi qu'on aime mieux quand on est plus aimé:
Garde mon souvenir, ô toi, ma muse chère....
Le cœur est-il moins grand quand il est moins
[fermé?

Je marche moins souffrant avec ta souvenance
En repeuplant mon front d'anciennes visions,
Bien que demain, toujours, mon exil recommence
Sans cesse je regarde au fond des horisons !

LA MARSEILLAISE

Hymne des grands combats, hymne des grandes
[fêtes,
Qui fais vibrer les cœurs, qui relèves les têtes,
Qui dans l'azur français rassembles les drapeaux,
Et dont l'âpre refrain fait hennir les chevaux,
Tu soutiens la fierté des preux dans la poussière,
Lances au champ d'honneur la charge meurtrière.
Oui, tu donnes la force aux soldats harassés,
A tes appels de gloire accourent les blessés....
La France souriait d'un sourire de reine,
Contente d'abriter tant de grandeur humaine :
Lui, Duroc, Kléber et Cambronne et tous les preux;
La Marseillaise alors soufflait dans leurs cheveux!
Lorsqu'on meurt pour la France on entre dans
[l'histoire
Et l'hymne solennel soutient notre mémoire.
Dans la plaine d'Essling ainsi qu'à Marengo,
Et même à Waterloo célébré par Hugo,
Au Caire, à Montmirail, suivant l'âme française,
Les clairons attaquaient en chœur la Marseillaise.
Et même à Waterloo, de ses plus fiers couplets,
Cet hymne jusqu'au soir écrasait les Anglais.

LA PAIX DE L'AME

La paix de l'âme est une grande chose,
C'est plus que l'or c'est même la santé :
Etre content c'est une apothéose,
Et c'est la vie, et c'est la liberté.

Car l'âme est libre en sa prison charnelle :
Libre d'aimer partout ce qu'il lui plaît,
Libre de croire à la vie éternelle,
Et d'aspirer à des jours plus complets ;

Même il est bon d'espérer et de croire,
Pour soutenir notre corps plus longtemps,

Vers l'astre-roi prodigue de lumière,
Rénovateur des moëlles de nos os,
Vers l'Astre doux de la cause première,
Qu'on nomme Dieu, de gloire et de repos !

Québec, 28 et 29 décembre 1911.

A LA MÉLANCOLIE

Ouvre ton aile et plane où mourut ma jeunesse,
Au désert de ma vie, aux vieux sentiers battus ;
Ouvre ton aile et plane en le deuil que me laisse
Le tombeau refermé de mon amour perdu !

Mentez jours engloutis, mentez à mon oreille,
Vous rappelez encor un échos de jadis !
Car les sourires morts sur la lèvre vermeille
Reposent dans mon cœur en un chant inédit !

A l'heure où le couchant mêle son or aux rêves,
Quand le soleil se meurt de langueur et d'amour,
Une abeille retourne autour des fleurs des grêves,
Dont elle a pris le miel durant l'éclat du jour :

Tous mes jours en allés, ou joyeux ou moroses,
Au crépuscule ému, je viens les butiner ;
Je suis comme l'abeille. et ce sont là mes roses ;
J'épuiserai ma vie en retours obstinés.

MATHURIN REGNIER

A Rouen, Mathurin, tu sèches dans ta bière,
Vieux Mathurin Régnier, mon bon maître et mon
[roi,
Drapé dans le linceul de ta satyre fière,
Que ne peux-tu laisser venir ton âme à moi ?

Je crierais, avec elle, au vaniteux qui passe
Sa sottise et son fait devant l'humanité ;
Je lui ferais son compte et lui dirais en face,
Avec tout mon dédain, sa préciosité.

A Rouen, Mathurin, où règne ta poussière,
Te précède le nom de bonne Jeanne d'Arc
Dont la satyre émue était une prière,
Et dont l'Anglais craignaient les archers et les
[arcs.

En tout cas, votre cendre est encor la satyre
Qui bravera le temps et cinglera les fronts :
Lève-toi Mathurin dans un éclat de rire ;
Prie au ciel, Jeanne d'Arc et venge nos affronts !

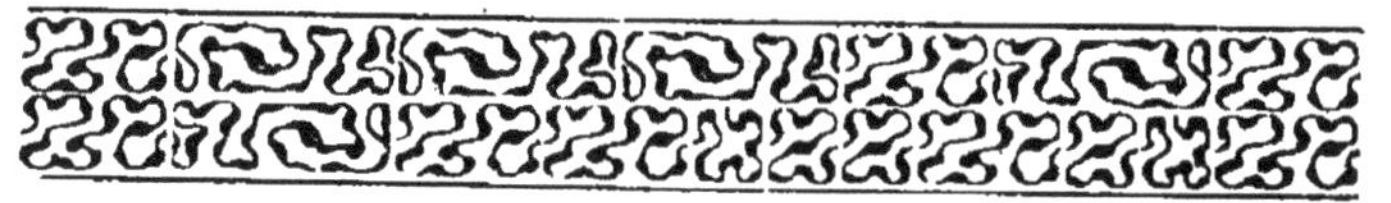

LES NUAGES.

———

Du haut de nos plus hautes cimes
L'oiseau s'élance vers vos bords ;
En s'inspirant de vos abimes
Il chante ses plus beaux accords.

Vers vous tendent toutes les ailes,
Ailes de l'âme et de l'espoir,
Et jusqu'aux voûtes éternelles
Vous étayez l'horizon noir.

On nous a dit : — Coureurs de grèves,
Courez, c'est l'orage qui vient ;
Ce sont les nuages qui crèvent......
Et j'en pleurais, je m'en souviens.

Et notre âme est un peu nuage,
Elle crève aussi quelque fois ;
Quand elle pleure, c'est l'orage
Et le tonnerre, c'est sa voix....

Or, vous prenez toutes les formes,
Vous êtes parfois des dragons,
Au pied d'écroulements énormes,
Attelés à de grands fourgons.

Parfois vous êtes des panthères
Grimaçant parmi les roseaux,
Où, dans les cirques d'autres sphères,
Commandent les Barnum d'en haut.

Vous êtes des jardins de roses
Perdus dans les couchants divins,
Où brillent des apothéoses,
Et des combats de Séraphins.

Parfois vous êtes des tempêtes
Obscurcissant les paradis,
Parfois vous êtes des prophètes
Lisant des feuillets inédits !

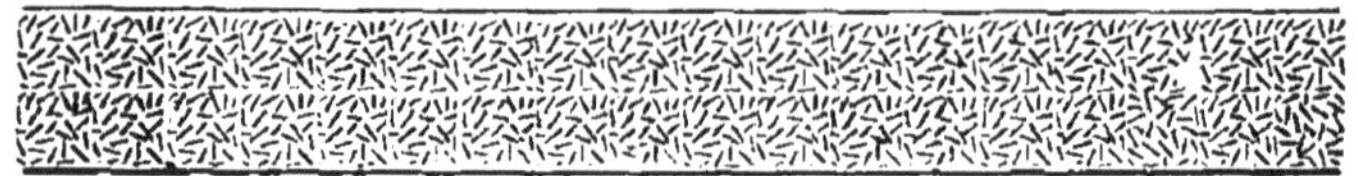

C'EST LE TEMPS DES MOISSONS.

L'alouette grisolle
Sur le lac argentin,
Au loin la noire grolle
S'esjouit du matin ;
Ici, dans la prairie,
Brillent des papillons,
Tout nous semble féérie :
C'est le temps des moissons.

La brise dans la plaine
Fait parler le blé mûr ;
Le faucheur en haleine
Coupe le pain futur ;
Ecoutez la cigale
Chanter dans les buissons,
Coupons les céréales,
C'est le temps des moissons !

Chante bergeronnette,
Chante ton gai refrain,
En faisant la cueillette
De ta part de bon grain ;
Aux champs où la faulx brille,
On aime tes chansons,,
Sur l'andain qui scintille ;
C'est le temps des moissons !

A L'HIRONDELLE

Ecoute à la fenêtre close
Si l'on dit quelques mots de moi....
Apporte à mon âme morose
Un rayon de l'ancien émoi :

Un souvenir, un nom que j'aime
Et sur lequel j'ai tant pleuré :
Dernier mot d'un adieu suprême
Que ma foi n'a pu réparer !

Plane sur mes vieux jours austères
Qu'ébergent mes chers souvenirs ;
Reviens sur les brises légères
Où montent de jeunes soupirs....

Je lis avec les yeux de l'âme
Un mot par ton aile tracé ;
Le traduisant, mon cœur en flamme
Dit : tu passes, tout doit passer.

Passer sans toucher à la terre,
Vers le ciel et loin d'ici-bas,
N'est rien qui soit cruel, ma chère,
Car sans peur du mal tu t'en vas.

Aller, libre comme la brise,
Chercher la plage du repos,
La plage où nul écueil ne brise
L'éclat des rêves les plus beaux ;

Aux feux d'une éternelle aurore
Sècher les larmes du malheur,
Et devant l'astre qu'on adore
Reposer les élans du cœur ;

Aller pour les âmes fidèles
Prier le ciel de tout bénir,
Petite, si j'avais tes ailes,
Serait mon unique désir.

J'irais encore, avec ivresse,
Chanter aux amants tous les jours :
Soyez fiers de votre promesse,
Ne niez jamais vos amours !

Pour l'orpheline qui soupire,
J'aurais mon cœur, j'aurais mes chants :
Pour que sa lèvre ait un sourire,
Je lui donnerais mes printemps.

Oiseau discret ! douce retraite,
Colline des aveux d'antan,
Gardez l'adieu que je regrette
Et le rêve que j'aimai tant....

A la sœur qui fut mon amie
J'irais, avec espoir et foi,
Dire tout bas, quand elle prie :
Vous qui priez, priez pour moi ;

Priez pour ces âmes en peine,
Qui n'espèreront jamais plus ;
Priez que de nos jours la chaîne
Retienne une de vos vertus ;

Vertus d'anges, ou vertus de femmes ;
Une seule me sauvera ;
Donnez à mon cœur qui réclame
L'aumône que Dieu vous rendra !

DEVANT UNE IMAGE

A travers l'encens bleu du soir,
Sur l'onde, au pied de la montagne,
L'âme songeuse, j'ai cru voir
Une Driade et sa compagne.

Toutes deux portaient des colliers
De perles fines ou d'opales ;
Leurs regards, au mystère alliés,
Scrutaient quelques horizons pâles,

Voiles d'océans infinis,
Chers horizons de tous mes rêves,
Que de regards à vous unis
Ont évoqué les mêmes grèves !....

Rêves d'amour ensoleillé,
Rêves d'espérance durable,
Bel horizon, cher conseiller,
Sois à tous les yeux secourable !

MELANGES ET CAPRICES

Si la nuit a ses clartés fauves,
Mon âme a ses éclairs d'humour,
Et ma jeunesse qui se sauve
A des visions à rebours.

Le soir se mêle à ma tendresse,
Je mets un peu d'âme à mes chants :
Parfois j'écoute la caresse
Des moissons blondes de nos champs.

Des profondeurs de la vallée,
Quand l'ombre s'unit aux grands vents,
J'apprends la plainte désolée
Et des djinns les ricanements,

J'entends des bouches inquiètes
Prier pour d'innombrables nids ;
Je sens des âmes qui regrettent
Tous leurs passés indéfinis...

C'était à l'heure où la colline
Prête ses ombres aux vallons,
A l'heure où l'occident s'incline
Sur les infinis horizons.

Comme le grillon du bocage,
Fidèle au refrain coutumier,
Moulait encor son humble hommage,
Au mystère j'ai communié.

Qui sait s'il est des âmes neuves,
Si neuves que jamais nos maux
Ne leur auraient causé d'épreuves,
Pures comme de purs émaux ?

Plus digne encor qu'en cette vie,
L'âme à sa sœur porte secours :
Pour celle qui pleure elle prie
Et tout pleur devient feu d'amour.

Celle qui n'a pas vu la terre,
Ou qui ne la vit qu'en passant,
Est plus joyeuse et plus légère
Au paradis d'or et d'encens.

L'ancienne vers la nouvelle
Se penche avec de longs soupirs,
Demande l'aide de son aile
Jusqu'au lieu des divins zéphirs.

Maints vieux livres disaient que l'âme
S'éloigne après chaque trépas ;
D'autres disent qu'elle réclame
Un corps pour descendre ici-bas.

Sera-ce que la forme humaine
Attende son âme d'en haut ?
Ou si d'en haut l'âme incertaine
Doive compter sur un berceau ?

Quel est donc le pourquoi des fibres
Qui viennent tourmenter nos fronts ?
Quand donc pourrons-nous être libres
D'apprendre autant que nous voudrons ?

Lorsque par les nuits de silence
On croit lire un peu d'inédit,
Au fond, c'est la vieille romance,
Aurons-nous donc toujours menti ?

Car tout revit, tout est vieillesse ;
Rien ne s'annihile, non rien :
Seulement, par grande sagesse,
Dieu change de forme son bien.

Le néant est vaine parole :
Il n'existait pas avant nous ;
La mort est l'être qui console,
Ici je l'attends à genoux !

VIEILLE CHANSON.

J'ai forgé la grille et la porte
Et mon cœur est sûr du tombeau !
....
Tu ne ressusciteras pas !

VILLIERS DE L'ISLE-ADAM.

Entends-tu ma mignonne,
Les chants aérieus,
Quand le matin rayonne
Sur les flots cristallins ?

Ici c'est une abeille
Qui s'abreuve à la fleur ;
Plus loin le nid s'éveille
Et chante son bonheur.

L'alouette murmure
Sa prière au matin,
Et la sainte nature
Se repose en chemin.

Tout chante et tout respire
Sous le beau ciel vainqueur,
Tandis que je soupire,
Car j'ai perdu ton cœur.

Le printemps sur nos têtes
Eponge ses parfums
Moi je n'ai plus de fête,
Mon amour est défunt.

Flots clairs, baisez la rive
Qui se dore au soleil,
Algue, suis la dérive,
Tourne en reflets vermeils !

***

Ah ! que tout mon espoir s'envole,
Que tombe et périsse la fleur !
Jamais plus on ne me console,
Je reste seul avec mon cœur !

Je reste seul, mais ma pensée
Se refait du vieux souvenir ;
Je vis de jeunesse passée,
N'espérant plus de l'avenir !

L'avenir est vaine parole :
Il n'est point de chemins tracés,
Et les fardeaux de notre épaule
Semblent nous dire : C'est assez !

Quand l'oiseau quitte le rivage
Pour aller dormir dans les bois.
Un jour de plus me rend moins sage,
Et je pleure plus qu'autrefois !

***

Deux alouettes dans la nue,
Glissant en leur vol langoureux,
Traçaient, comme d'un aile amue,
Quelques lignes au fond des cieux.

C'était l'instant où la nature
S'entretient de son créateur.
L'arbre était beau sous sa parure.
Et beau le sentier du marcheur....

Je leur dit : — Douces alouettes,
Charme gentil des bords sereins,
Faites-moi quelques chansonnettes,
Car mon âme cherche un refrain.

Veux-tu m'aimer comme je t'aime,
Dis, ma belle blonde, d'amour ?
Mon pauvre cœur, mon âme même
Chanteront pour toi tout le jour,

Et, quand le soir avec ses voiles
Cachera l'horizon, là-bas,
Nous irons compter les étoiles
Dans la grande allée aux lilas !

Je te souhaite mille choses,
Selon tes caprices du jour :
De gais papillons sur des roses,
De beaux livres et de l'amour.

Vois-tu, je vais mourir bientôt,
— Peu m'importe d'ailleurs de vivre —
Comme la tige du coteau,
Qui s'est éteinte sous le givre.

Et si ta main tenait la mienne
Elle saurait le froid de mort....
Crois-tu que notre âme revienne
Du fond de l'abîme où tout dort ?

Comme ce soir où le vent souffle
Mon âme volera vers toi ;
Malgré l'ombre et les dieux marouffles,
Plus tard tu comprendras ma voix.

Je reviendrai vers toi que j'aime,
Vers toi qui me fais espérer ;
Même après ton adieu suprême,
Je reviendrai, je reviendrai !

En vain mai rappelle ses brises
Au front des printemps revenus,
Tout dort en moi, nulle surprise !
Mes premiers rêves sont vaincus.

Je songe encore au soir d'automne
Lorsque, regrettant le printemps,
Elle me dit :— Je t'abandonne,
Je meurs et je n'ai que vingt ans.—

Il n'est pour moi d'écho sonore,
Tous les espoirs sont superflus :
Ma nuit n'aura jamais d'aurore,
Car je ne la reverrai plus !

Bel ange disparu dont la voix m'était chère,
Que ton charme d'un jour m'a fait aimer la terre;
Que ton éloignement m'a fait prier les cieux,
Dans mon réduit sans pain, triste et silencieux !

J'ai vu les rayons d'or du soleil sur les grèves,
Dont la splendeur émue éveillait tous mes rêves.
L'angelus épelait la gloire du matin,
Du haut du vieux clocher, de son timbre argentin.

Ah ! les printemps d'alors avaient de douces brises
Et les matins joyeux nous créaient des surprises
Tant notre cœur aidait à faire le beau temps,
Tant notre âme chantait d'antans !

L'AME DE E. N.

Hélas ! désenchanté aux luttes de la vie,
Son âme se refuse à tout rêve nouveau ;
Et son vieux rêve est mort et son deuil le convie
Vers la fosse éternelle et l'éternel sanglot.

Errante elle s'est tue en cotoyant l'abîme
Où tombent l'idéal et les ondes du temps.
Languissante elle a fui la haute et fière cime,
Pour sombrer à jamais dans des gouffres béants.

Les récits de sa voix sur l'heure monotone
Montaient languissamment, près du foyer, le soir,
Quand les grands vents émus, au retour de l'au-
[tomne,
Pleuraient sur notre toît, avec novembre noir.

Plus tard, sur les chemins, il pleurait sa misère,
Et souffrant de la vie il appelait la mort ;
La mort ne venait pas, il disait sa prière.
Et son âme voguait sans retrouver le port.

Il parlait d'une " Sainte " en sa course éperdue,
Et " des beaux soirs de Mai " de la gaieté du vin.
L'art éclairait encor sa sombre route ardue,
Le fin du dernier jour rappelait son matin.

Voyageur incompris dane ta course lointaine,
Ce soir-là tu fis halte en épongeant ton front,
D'une allégresse en pleurs ta pauvre âme était
[pleine
Le Château Ramesay reçut tes vers profonds.

PENSEE A CREMAZIE

O noble Crémazie ! en ta tombe muette
Dans l'ombre de l'exil, tu dors trop loin de nous !
Se souvenant toujours les amis du poête
Désirent ton cercueil où prier à genoux....

En étreignant son cœur rempli de poésie,
Il regardait, dit-on, vers l'horizon lointain,
Vers l'océan brumeux qui cachait sa patrie,
Vers le grand souvenir de ses premiers matins.

Car il est resté grand malgré son court passage
Dans la cité des siens ; mais à défaut de temps,
Il voua double amour à sa natale plage
Et jusque dans la mort lui consacra ses chants.

Versez, ô fiers cyprès, le reposant ombrage,
Versez votre fraicheur sur son pauvre tombeau,
Et toi rosée en pleurs, perles de leur feuillage,
Donne aux œillets des morts, donne une goutte
[d'eau !

Il en est tant d'entre eux, sans nom au cimetière,
Qui dorment, oubliés, sur des bords étrangers,
Rien n'indique le lieu de leur couche dernière,
Pour redire au passant : ce sont des naufragés !

LE VIEUX TREMBLE

Sur le bord du chemin qui longe le rivage,
Quand l'aube du matin verse ses premiers feux,
Dans l'onde qui scintille il mire son feuillage
Qu'égaie un rossignol en ses trilles joyeux.

Près de son tronc rugueux, quand le printemps
[murmure,
J'accours, aspirant l'air du Saint-Laurent désert,
Contemplant, à loisir, la brillante nature
Que Dieu voulut plus belle autour du tremble vert.

Et je dis au printemps qui ramène la joie :
Sous ton soleil de mai tout semble rajeunir,
Et de son trône d'or, celui-là qui t'envoie,
Par ton retour béni, veut encor nous bénir.

Lorsque l'astre du jour retire sa lumière,
Au pied de l'arbre antique il fait bon méditer,
Quand l'angelus du soir annonce la prière,
Au pied du tremble vert, il fait bon écouter.

J'ai vu passer ici des front ridés, moroses,
Et j'ai vu la beauté cueillir ici des fleurs,
Et je sais qu'on rêvait, dans la fuite des choses,
Le vieillard au passé, la jeunesse au bonheur.

L'or des soleils couchants, la pureté des neiges,
Le sommeil des hivers et le rêve des bois,
Les printemps, les étés remplis de douces voix
M'attachent au pays comme des sortilèges..

Si, plus tard, je perdais le toit cher qui m'abrite,
Et n'ayant plus d'espoir au terrestre avenir,
L'ombre du tremble vert seraît mon dernier gite
Mon nom sur cette écorce aurait un souvenir.

LES FEUILLES MORTES

Les feuilles mortes sont tombées,
Comme les ailes des chimères
Qui se brulent à la flambée
De notre espérance éphémère ;

Et sous la grande ombre nocturne
Qui les enlise dans la plaine,
Leur petite âme taciturne
Ressent des tristesses humaines :

Elle tremblent, elles s'agitent
Au fond des songes de détresse,
Comme à nous la fosse est leur gîte,
Où se brise toute sagesse.

La philosophie a beau faire,
Les feuilles mortes, c'est bien l'homme
Qui tourne au vent de sa misère,
Pour mordre la poussière, en somme.

Je crois en Dieu, je crois en tout,
Mais l'homme est une bagatelle,
C'est une feuille au bord d'un trou
Que la pluie et le vent harcellent.

Pour ne pas juger, je constate,
Et nous ne sommes presque rien :
Non, rien chez l'homme ne m'épate
Le meilleur vaut un galérien,

Mais son âme, c'est autre chose,
N'y touchez pas, elle est à Dieu.
C'est pourquoi les feuilles moroses,
S'élèvent au vent du ciel bleu !

Seigneur, donnez-moi l'espérance,
Donnez ma part chaque matin,
Elle aide à passer la souffrance
Sur la route de l'incertain.

Courte ou longue, que nous importe,
C'est l'espérance qui conduit :
L'espérance aide aux feuilles mortes,
Nous pouvons traverser la nuit !

CONTRE DEUX PARVENUS BLESSANTS.

SONNET

Palefreniers soufflés, éhontés parvenus
Jaugeant tout héroïsme au prix qu'il vous rapporte,
Egayez vos banquets, chérissez vos menus
Avant que l'ouragan fasse claquer vos portes !

Car combien sont lassés et qui ne veulent plus
Qu'on leur soufle à la face en meuglant de la
[sorte ?
Fleurissez, policez vos discours superflus,
Voici le jour fatal aux fatales cohortes !..

Vous, artistes, passez votre vie, et songez
A la beauté d'une œuvre, à cœur joie et léger,
Trempant votre burin à des sources de gloire ;

Lorsque la vanité, lorsque l'orgueil blessant
Aiment mêler leur encre à des caillots de sang,
Burinez votre amour au fronton de l'histoire !

L'AN NOUVEAU

Une vague du temps retombe sur la plage,
Un an s'ajoute encore aux autres disparus,
Une vapeur de plus monte vers le nuage
Des destins consumés. Les rayons superflus
De tous nos jours d'espoir s'en sont allés, sans
[nombre..
Une hache retombe, elle sert à bûcher
Une planche de plus de notre étroit plancher,
C'est pourquoi nous tombons et trébuchons dans
[l'ombre.
L'on se confond ainsi qu'un reste de foyer
Que les vents de l'hiver vont bientôt balayer.
Et, seuls, quelques parfums des feux qui se con-
[sument.
Se révèlent un soir, à travers quelques brumes.
Et chacun d'avouer, se sentant condamné,
— Hélas ! l'an que voici ne peut pas pardon-
[ner !
Dans l'avenir peu sûr où le vent nous incline,
On voudrait contempler une lueur divine :
On croit marcher à bien, et l'ombre nous poursuit
Et de se voir mourir chacun se réjouit !..
Seigneur, maître du temps, donnne-nous, cette
[année,
A nous, à nos enfants le pain de nos journées !

CONSEILS

Evite des méchants, la première caresse,
Evite le rapport de leur monde jaloux,
Car leur bouche, à notre œil, cache une dent qui
[blesse
Cruellement toujours, comme la dent des loups.

Vis pour ceux dont l'amour ne se fait égoïste
Que pour te voir heureux en dirigeant tes pas.
Souris au regard pur, souris à l'âme triste
Du songe langoureux qui nous suit ici-bas !

L'Automne plein de soir est le deuil de l'année
Sur le chaume oublié de toutes les moissons.
La plainte de la bise et la feuille fannée
Nous disent les regrets de la belle saison.

Comme les flots meurtris que soulève l'orage,
Le temps grandit la ride au besoin des regrets :
Les déboires dans l'âme y brisent le courage,
La nature qui pleure a de profonds secrets !

Et tu mourras un jour par un soleil d'automne,
Oubliant de songer à ton plus beau matin :
J'entends déjà le glas qui sur ta tombe sonne
Le départ isolé du rivage lointain.

BRISE DE NUITS

IMITÉ D'UN CHANT MONTAGNAIS.

Ce murmure si doux fait que mon âme pense
Au mépris du destin ;
Et je reste content, même sans espérance
Car cette voix soutient.

Dans ce souffle si pur, fait du souffle des anges.
Dieu ne parle-t-il pas ?
Oui, Dieu passe partout où l'on dit ses louanges,
Le vent les dit tout bas.

Par toi nul n'est trahi : le front que tu caresses,
Soit riche ou mendiant,
Est toujours rafraîchi, jusque dans ses tristesses :
Qui mieux que moi t'entend ?

Demande si les vœux que mon âme formule
Sont exaucés là haut ;
Ou si ma fin prochaine, à mon regret recule
Encor d'un jour nouveau,

Aux amis d'autrefois dont le cœur nous oublie
Redis mon souvenir,
Et tout ce qui n'est plus de notre vie impie
Qui ne veut pas finir.

Il est un âge tendre où l'on veut toujours croire
Et toujours espérer,
Et c'est des jours anciens que fermente un déboire
Qui vient vous effarer.

Va, dans ton vol léger, passant au cimetière,
Souffle sur un tombeau :
Par de-là le mur noir, demande à l'humble pierre
Si l'autre monde est beau....

LES TEMPS RECULES

I

Les ilots verdoyants de ce vierge hémisphère
Tout de splendeur sauvage, éperdue et sans fin,
Souriaient au soleil plongeant dans leur mystère
Que n'avaient pu souder les regards du marin.

Autour tout reposait. Et la vague rêveuse
Balançait des rayons au heurt éburnéen
Des élans reposés du vol de la macreuse...
Nul écho ne venait du monde européen.

Sur ce fleuve aux flots bleus que la barque étran-
[gère
N'avait pas sillonné se profilait, parfois,
Yeux perçants, front fuyant, voix basse et bouche
[amère,
En pagayant sans bruit, le sinistre iroquois.

Appuyé sur sa branche, un hibou solitaire,
Lorsque tombait la nuit au millieu des grands bois
Saluait d'un cri rauque, au bord de la clairière,
L'Ours qui le fascinait de son regard sournois.

Et l'hiver les grands vents, sur chaque pépinière
Faisaient mugir leurs voix en ces temps reculés
Où passait la souleur des grands soirs de mystère,
Au long des monts songeurs et des grands lacs
[gelés,

II

Parlez-moi vieux échos, parlez, j'aime vos voix
Qui mèlent tant de rire au deuil de toute peine ;
De ma vie en lambeaux, tristesse que je vois
Dans les secrets d'antan, parlez images vaines !

Bons sourires passés et fiers rayons d'amour
Vous avez fait un ciel pour nos âmes de songe,
Lorsqu'éperdue encor des lumières du jour
La jeunesse qui meurt nous jetait son mensonge

Mystère de jadis emportés par le vent,
Au soleil de l'espoir, belle fut votre aurore,
Qnand donc renaitrez-vous? Tourné vers l'orient,
Je regarde toujours, sans vous revoir éclore !

LA PETITE MARTYRE

Petits enfants qui souffrez de la vie,
Souvenez-vous des larmes d'autrefois ;
Aux premiers jours de votre colonie,
Combien sont morts scalpés par l'iroquois
Oh ! temps passé, dans ton profond mystère
Tu fus témoin de leurs pleurs répandus,
Aussi témoin des dernières prières
D'une martyre en ces jours revolus.

En ces temps-là luttait nos pères,
Semant la France aux sillons canadiens ;
Et de leur sang ils arrosaient la terre,
Et franchement ils mouraient en chrétiens!

Le soir tombé, sur un feu qui pétille,
On la suspend par un bouleau plié,
Les yeux crevés, pauvre petite fille,
Les iroquois lui coupent les deux pieds.,.
Au ciel brillait une petite étoile.
Françoise chante à Dieu son chant de mort;
Des bois en flamme ont traversé ses moëlles
Et l'on riait des frissons de son corps.

Elle appela dans la nuit étoilée,
Mais rien ne vint que des échos perdus :
" Père, je meurs, mes lèvres sont brulées,

Mère, je meurs, Seigneur, je n'en puis plus !
Son père vint et des hommes en armes ;
Les iroquois s'enfuirent par les bois.
Ses yeux crevés roulaient encor des larmes,
Ses yeux pleuraient pour la dernière fois !

En ces temps-là luttaient nos pères,
Semant la France aux sillons canadiens ;
Et de leur sang ils arrosaient la terre,
Et, franchement, ils mouraient en chrétiens

LES TROIS COULEURS

O trois couleurs, cher drapeau de nos pères,
Sois protégé du Dieu de l'infini !
Aux sombres jours ainsi qu'aux jours prospères,
Nos cœurs t'ont dit : Sois à jamais béni !
Autour de toi, dans toutes nos détresses.
Nous rallierons notre espoir égaré.
Nous t'aimerons pareil au droit d'aînesse ;
Car dans tes plis une France a pleuré.

Flotte toujours au ciel de ma patrie,
Noble étendard par la France adoré ;
Nous le jurons dans notre âme attendrie.
Nous défendrons partout tes plis sacrés.
Tu rallieras notre peuple qui t'aime,
Religieux devant ta trinité ;
Des canadiens reste à jamais l'emblême,
Car sous tes plis une France a chanté.

O notre drapeau, diadème
Aux trois éternelles couleurs,
Puisque la vieille France t'aime,
Nous t'aimons du fond de nos cœurs !
Flotte aux gais midis, dans les brises ;
Flotte dans l'ombre au vent des soirs ;
Sur nos ramparts, sur nos églises,
Sois le témoin de nos espoirs !

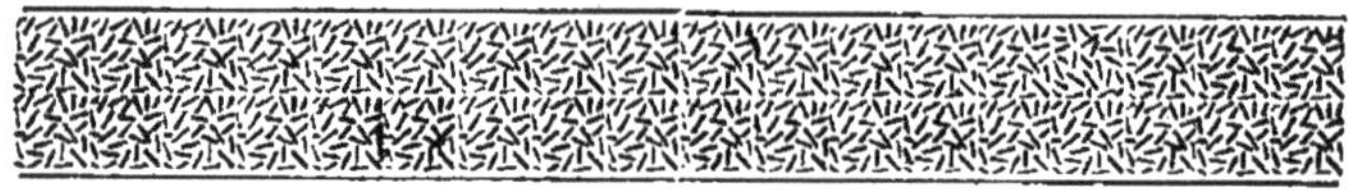

LES SYMBOLES

Par le sang de tes preux, par les gloires austères
Qui reposent en toi, terre des canadiens,
Et par tes fils mourants et les larmes des mères
Tu revis en mon cœur, ô cher pays des miens !

J'aime ton sol dont les avoines mures
Mèlent leur gloire au bleu des horizons ;
J'aime ton ciel et ta grande nature
Pleine de neige et de belles saisons.

Pauvres défunts de nos temps héroïques,
Qui chérissiez les bords du Saint-Laurent,
Vous n'êtes plus, mais vos ombres tragiques
Viennent encor s'agiter tristement.

Venez, quand tout se tait, et venez quand tout
[chante,
Venez avec la nuit, venez avec le jour
Nous rappeler ces temps où votre âme constante
Epuisait vos efforts sans espoir de retour !

O vous, héros de nos guerres géantes,
Vous dont la gloire a jailli jusqu'à nous,
Entendez-vous parfois nos voix aimantes
Qui, s'élevant d'ici, montent vers vous ?

LE CHANT DES VIEILLARDS

Mon âme vous ressemble
O pauvres nids déserts,
Elle souffre, elle tremble
De ses derniers hivers.

Mon espérance est morte
Avec les soleils d'or.
Le vent soufle à ma porte
Des échos de remords.

Car ma jeunesse enfuie
Ne me reviendra plus ;
Voici l'ombre et la pluie
Sur mes rêves perdus !

Pauvre terre, pauvre terre
Je me penche vers toi !
Car bientôt ta poussière
Me servira de toit !

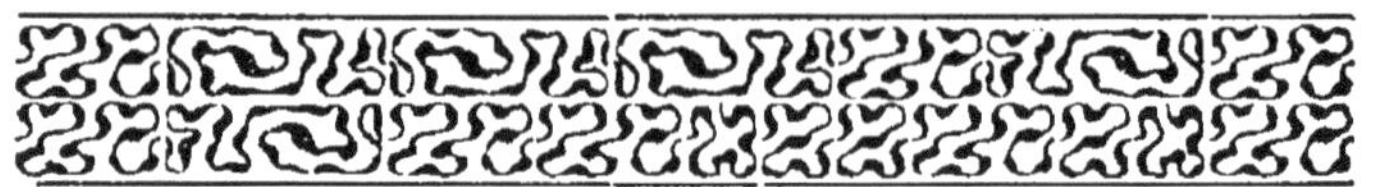

ENFANTS VOUS GRANDISSEZ...

Enfants, vous grandissez le cœur plein de ten-
[dresse ;
Vos fronts ne penchent pas sur de grandes tris-
[tesses ;

Vos matins sont joyeux comme un premier amour
Et vos rires sont clairs comme l'onde qui court.

Les bataillons d'oiseaux ressemblent à vos fêtes,
Et les épis mûris, comme vos blondes têtes,

Ont des reflets gentils, sous un ciel vague et doux,
Enfants, chantez toujours, mais chantez loin de
[nous,

Vous nous feriez pleurer eette étincelle morte
Qui réchauffait nos cœurs en leur foi vive et forte!

***

Ah ! quand vingt ans sourient sur un beau front
[sans ride,
Plus douce y rafraîchit la brise d'un ciel pur :
Moins un cœur a souffert plus il se sent avide
De tout ce qui rend fort pour le combat futur....

Vous marchez plein de foi sous le ciel qui vous
[couvre,
Effeuillant les lilas de vos plus beaux printemps;
Du jardin entr'ouvert plus d'un chemin se rouvre;
Que ne choisissez-vous quand vous avez vingt ans!

LES VACANCES

Voici la fin de nos travaux,
Notre récompense est prochaine :
Nous irons, par monts et par vaux,
Boire la vie à gorge pleine ;
Nous irons, du matin au soir,
A la rivière à la montagne,
Sous le ciel clair de la campagne.
Au revoir ! Au revoir

Au temps des fraises nous irons
Les cueillir sous les feuilles vertes ;
Et nous rirons et nous courrons
Très loin, sur les routes ouvertes.
Et les gais oiseaux de nous voir
Si fiers et si contents de vivre,
Diront des mots appris sans livre :
Au revoir ! Au revoir !

Votre labeur touche à sa fin,
Bons maîtres et bonnes maitresse :
Revenez-nous pour l'an prochain
Avcc vos leçons de sagesse
Devant le tableau du devoir.
Salut à vous livres et classes !
Salut à toi l'an qui t'effaces.
Au revoir ! Au revoir !

Nous avons travaillé, hardis,
Au déploiement de la pensée ;
Nous sommes couronnés de prix
Pour nos études commencées,
Et nous appelons, pleins d'espoir,
Le grand avenir qui s'avance,
Mais pas avant notre vacance,
Au revoir ! Au revoir !

Pour toi, camarade qui vas
Seul, au grand chemin de vie,
Que Dieu te garde où tu vivras
Jusqu'après la tâche accomplie !
Songe qu'au tableau blanc ou noir,
L'homme doit graver sa mémoire ;
Gagne bien chaque brin de gloire !
Au revoir ! Au revoir !

LA JEUNESSE

La jeunesse est joyeuse et belle en sa souplesse ;
Et les châteaux d'Espagne éblouissent ses soirs :
Rêveuse avec bonté, son âme a des caresses
Et mire tous ses jours dans ses propres miroirs.

O jeunesse éperdue au sentier de la vie,
Comme ton rêve est beau, quand ton cœur bat
[plus fort!
Tu ris et tu t'en vas, semant la poésie,
Eveillant je ne sais quels parfumés accords !

Ah ! quand on a vingt ans, l'espoir est sans nuage
Et toute vision dévoile l'avenir :
Tous nos vœux n'en font qu'un, et la plus fière
[image
D'un amour idéal en nous vient resplendir !

L'amour, naissant des cœurs et de l'âme immortelle,
En ce monde où tout fuit, parfois ferme son aile
Et, près du nid désert ou sur un cher tombeau,
Sous le saule qui pleure, ainsi que fait l'oiseau,

Entonne un chant lugubre aux regrets d'une
[cendre,
Chant sans suite, ainsi qu'un adieu tendre....
Et j'ai pu l'écouter bien avant dans le soir
Où je mouillais de pleurs mon ancien désespoir..

LA GLANEUSE SOLITAIRE

IMITÉ DE L'ANGLAIS (WILLIAM WORDSWORTH)

Regardez-donc, c'est Lise au fond du champ !
Penchée et seule au haut de la butte déserte,
Vous la voyez, elle glane en chantant
De tout son cœur, elle trottine, alerte,
Tout en cueuillant, comme en liant son grain.
Entendez-vous l'écho de son refrain
Qu'exale sa douce mélancolie
A l'épi mur de sa moisson jolie ?

Le rossignol de son accent charmeur,
Dans les bosquets exilés de la plage,
N'est pas plus tendre au cœur du voyageur
Qui longe, las, le Sahara sauvage.
On n'entendit jamais pareille voix,
Charmant l'écho des rives et des bois,
Même au printemps, quand les coucous timides
Planent au ciel des mystiques Hébrides.

Qui traduira l'objet de sa chanson ?
A-t-elle dit ce que le temps emporte,
Loin du bonheur vers l'humide horizon,
De l'homme mort ou de la chose morte ?

Serait-ce encor l'espérance qui luit,
Charme du jour ou de l'heure qui fuit
Comme un rayon de la divine aurore,
Ou le regret endeuillé qui dévore ?

Quelle que soit l'âme de ses chansons,
De ses chansons vers la céleste voûte,
J'ai vu, par les chaumes et les sillons.
Cette glaneuse inclinant sur la route
Des blés cueillis sa faucille de fer ;
J'ai médité, du haut rocher désert,
Avec émoi, plein de cœur et plein d'âme,
Le doux refrain de sa bouche de femme.

LES LUEURS

Le souffle de quelque génie
En cette flamme est-il passé,
Dans la sombre nuit endormie,
Sur le front du pôle dressé ?

Sont-ce des foyers en poussière
Qui sous le vent changent de lieux,
Et qui par minute s'éclairent
Au geste des antiques dieux ?

Qui sait si dans la cendre, en ombre
Transformée, il ne reste pas
Quelque larve ou pénate sombre
De leur héroique trépas ?....

Demandez aux talents du monde,
Eux qui retiennent tout par cœur,
Pourquoi Dieu, dans la nuit profonde,
Aurait-Il permis ces lueurs.

" Ce n'est rien dirent les sceptiques.
" Un gaz ajoutent les savants. "
Qui sait ? Des portiques mystiques
Ces feux projettent de l'encens,

Peut-être une grandeur passée
A-t-elle brillé dans ces feux ?
Lorsque à des flammes irisées,
Se mèle un dictamen pieux ?

Seraient-ce les mânes des tombes,
Fuyant les effrois de nos morts ?
Lorsque le soir partout surplombe,
Les lueurs montent sur nos bords.

ON REVE A SON PAYS....

On rêve à son pays sur un sol étranger.
Même avant les départs on souffre de l'attente ;
En parlant des absents, il arrive qu'on chante.
On aime le bon pain quand on n'a pas mangé.

Lorsque le canon gronde on connait le danger ;
Et sorti du torrent on sait l'onde méchante.
Qui connait tous les vents a peur de la tourmente,
Et songe au coup de foudre au sommet ravagé.

On appelle à grands cris une amitié fidèle :
Aux heures d'abandon, ou de perte cruelle,
On apprend ce que vaut quelque vrai protecteur.

On craint la dent des loups après une morsure,
Et le trouble de l'âme après toute blessure ;
On regrette la vie à son trépas vengeur.

DIALOGUE

—Ouvre ton aile au vent du soir.
—Ouvre ton cœur à l'espérance.
—Et plane dans l'espace noir,
—Et plane au for de la souffrance.

—Je suis si petit, si petit !
—Je t'aiderai, je suis la muse,
—Je suis homme, je suis maudit.
—Je suis le rayon qui t'amuse-

—Rends-moi la foi, la liberté.
—Chante avec moi les saints cantiques,
—La vie et l'immortalité,
—S'abreuvent sous les saints portiques.

—O l'espoir du pardon des dieux !
—Des dieux berceurs et charitables,
—Comme des printemps radieux,
—Fécondant les sols labourables !

VERS LEGERS

Je suis né poête, mais brave,
Comme naissent les vieux troupiers ;
Les rimes sales je les lave
En les tirant de mes bourbiers.

J'écris souvent, à la veillée,
—Automne, hiver, été, printemps,—
Et tant de pages barbouillées
M'aident à mieux passer le temps !

J'évoque les étés, l'automne,
Et parle du printemps, l'hiver :
Peut-être suis-je monotone,
Mais je mêle tout dans mes vers.

Je mets l'encens des crépuscules
Aux remords de mes désespoirs ;
Dans la fièvre des canicules,
Je mêle mes matins aux soirs.

Je parle de lune hagarde,
Quand le soleil brûle ses feux ;
A ma guise, ainsi, je regarde
La vieille " capuche " des cieux.

BALLADE DE GAMAHUCHE

Lorsque Gamahuche maigret,
Sous l'illusion qui le plie,
S'en va, revient, plein de secrets,
Flairant tout autour de la lie,
Et, barbe au vent, crie en chemin,
A tout venant de venir boire
A sa plus brillante victoire,
Mettez-lui de l'eau dans son vin !

Si du haut des trétaux perché,
Cheveux flottants, face ahurie,
Il vient s'intituler nocher
Et sauveteur de la patrie,
Laissez dire s'il n'est que vain ;
Mais si d'un geste enflammatoire
Il veut vous forcer à tout croire,
Mettez-lui de l'eau dans son vin !

Enfin, regardant de moins près,
Rêveur d'une audace affaiblie,
Le front tout chargé de regrets,
Il mourra de mélancolie ;
Alors gravez au sable fin
Où s'engouffrera sa mémoire :
Seigneur, s'il brûle en purgatoire,
Mettez-lui de l'eau dans son vin !

ENVOI

Prince, je ferai son histoire,
Puisque je suis bon écrivain,
Mais pour mieux ménager sa gloire,
Mettez-lui de l'eau dans son vin !

MONOLOGUE

I

En résumé, voici ce que me vaut la vie,
Un tas de choses, las !qu'enfin je vous confie :
Avant ma mort, pouvant dicter de mon vivant
Par derrière notaire, aussi bien que devant,
Toutes mes volontés, voici mon épitaphe
Avec mon nom signé, suivi de ses paraphes.
L'histoire serait longue à tout vous raconter,
D'un extrait seulement je dois me contenter ;
Et je commencerai par où l'homme commence,
Au grand jour solennel témoin de ma naissance.
Je ne me souviens plus de tout absolument,
Mais en public on est pas sous serment.
Né sur le bord d'un bois depuis bien des années,
Ma mère en m'achetant s'était mal adonnée ;
Car m'ayant cru mort né, je dus ressûciter
On eut dit, tout exprès, pour venir l'embêter.
Très orgueilleux déjà, pour toute nourriture
Je n'eus pas accepté des bols de confiture :
Je vécus d'une suce et de bouillie au lait,
Et je grandis ainsi, pas trop beau, ni trop laid,
Avec dans la caboche, au lieu d'une cervelle,
Un cerf-volant, je crois, et cent pieds de ficelle,
Et, de plus, je criais et si fort, et si bien,
Qu'on disait :—Votre fils c'est un musicien !—
J'avais l'âme à la blague et peu de conscience,

Je pouvais me vanter de bien peu de science ;
Plus tard, le pronostic, avec raison pas mal,
Me reléguait à faire au pages d'un journal,
Puisque tout jeune encore, et déjà si précoce,
En paresse souvent je pensais les plus roses ;
Mais mes pauvres parents qui n'étaient point
[voleurs,
Tenant au bien d'autrui beaucoup moins qu'à le
[leur,
Ne purent me pousser dans ces grandes carrières,
—Il me restait toujours les carrières de pierre,—

C'est là que j'ai plongé ce beau printemps
[dernier,
Avec Titoine Matte et mon ami Grenier ;
Le crâne defoncé, hôpital, cimetière !....
Aujourd'hui par devant, aussi bien que derrière,
Je n'ai pas plus d'écus que le bon vieux Scapin
Qui mentait bien cent fois pour un morceau de
[pain ;
Mais je n'ai que cent ans, et je brille vraiment,
Puisque déjà j'épelle et je lis couramment....
Messieurs, vous m'écoutez comme un petit apôtre;
Veuillez au moins ne pas me prendre pour un
[autre!

II

Cette nuit fut longue et tenace ;
J'ai tant dormi que j'en suis lourd ;
Le cœur me bat comme une masse,
L'ouïe me trille comme un tambour.

—Bah ! c'est curieux la nature,
Pleine de nuit, pleine de jour,
Il neige sur ta chevelure
Qui roidit à la Ponpadour.

—Ton âme est vague et sans vergogne,
C'est l'instant qui suit le sommeil ;
On titube comme un ivrogne
Cherchant la lune ou le soleil.

—Ma foi, plus de soleil ni lune,
Ils sont en grève, c'est-il sot ?
Ils se sont cachés sous la dune,
Faut en parler à Clémenceau.

—Tout est bien triste, tout est sombre,
Je crois que tout est bien fini :
Voici donc le règne de l'ombre,
Après le bon Viviani !

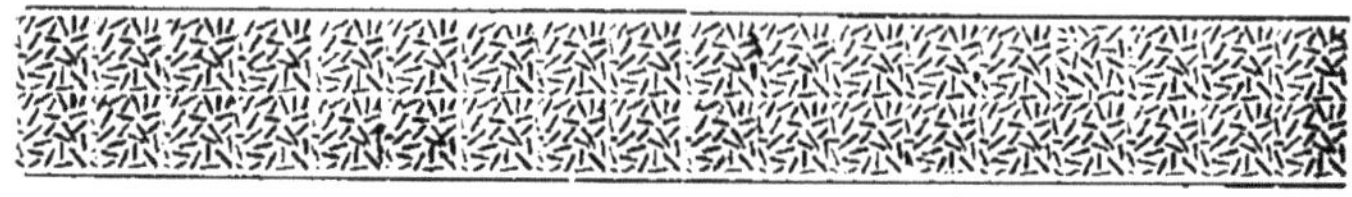

LE DOUX PARLER DE FRANCE

A LOUIS BOUCHER.

Pour les petits enfants, en guise de caresses,
Les mères ont des mots tout remplis de douceur;
Pour calmer nos tourments elles ont des tendres-
[ses
Que traduisent leurs voix et qui sèchent les pleurs.

De beaux mots lumineux brillent dans leur pen-
[sée,
Ainsi que des rayons tombés du ciel serain,
Ainsi que des printemps apportant la rosée
Sur toute feuille émue et sur l'or du bon grain ;

Car, même transplantés, nous tenons de la feuille,
Et nous gardons le pli du premier vent lointain :
Ce vent souffle de France, et quand le soir nous
[cueille
Nous gardons l'harmonie apprise du matin.

Dès mon premier chagrin, ma première souf-
[france,
Ma mère me chantait une chanson d'amour :
" Revoir ma Normandie " en deux parler de
[France.
"Mon fils", c'est le pays qui m'a donné le jour".

Dors, petit, loin du loup et de croquemitaine,
Au dohors le vent pleure, il fera bientôt noir ;
Dors, je vais te chanter "A la claire fontaine" ;
L'ombre descend sur nous et c'est partout le soir!

***

Ah ! je vous remercie, ô mère qui m'apprîtes
A chanter ces chansons pleines de souvenirs !
O douceur du passé, chanson dont on hérite,
Qui fait aimer la vie et croire en l'avenir !

Mais qu'est-ce une chanson? La langue est im-
[mortelle !
La langue des aïeux, qui priaient à genoux,
On voudrait nous l'ôter parce qu'elle est trop
[belle !
Ames des disparus priez encor pour nous !

Du fond de vos tombeaux où dort votre poussière,
Faites qu'on se souvienne ici de vos labeurs,
Aïeux simples et bons, vous qui luttiez naguère
Pour donner à votre fils un avenir meilleur.

Si l'on veut nous courber, appuyez notre torse ;
Si l'on veut nous chasser, obstruez les chemins ;
Si l'on veut nous tuer, soutenez notre force,
Et lorsque nous mourrons nous vous tendrons les
[mains.

Nous luttons nous aussi, mais en trop petit nom-
[bre ;
Souvenez-vous de nous dans vos rêves émus ;
Jetez une espérance au milieu de notre ombre,
Reveillez la grandeur des vieux jours disparus !

Il faut nous retremper à vos sources de gloire,
Il nous faut souvenir de qui nous descendons,
Il faut que dans ces jours nous forcions la victoire
Comme nos preux, sans peur, partout nous défen-
[dons !

Défendons notre langue, agrandissons l'école ;
Défendons la patrie et défendons la foi :
Un peuple se soutient aux flammes dù symbole,
Espérons le ciel bleu, prions pour notre roi !

Aimons toujours la France. honorons l'Angle-
[terre ;
L'une nous mit au monde et l'autre nous nourrit;
Celle-ci nous soutint, l'autre fut notre mère,
Aimons l'une de cœur, aimons l'autre d'esprit !

Le doux parler français, noble et saint héritage,
De nos preux qui creusaient le sillon canadien,
Si nous avons du cœur sauvons-le de l'orage ;
Puisqu'il est précieux, conservons notre bien !

Or, sus aux rénégats, arrière les avides
Qui jaugez la patrie au seul prix retiré,
A l'or qu'elle rapporte entre vos mains cupides ;
Misérables, jamais vous ne nous comprendrez !

Pauvres fronts des aïeux dormant au champ d'a-
[sile,
A quoi bon vous prier de vouloir revenir ?..
Votre exemple suffit, dormez, dormez tranquilles,
Nous garderons toujours votre grand souvenir !

Nous aimons les refrains des chansons que l'on
[chante,

Votre gloire a brillé jusqu'au fond de nos cœurs,
Nous n'oublierons jamais vos mémoires touchan-
[tes,
Vos voix nous guideront aux avenirs vainqueurs.

Le doux parler français fait de mal à personne ;
Ce langage éternel brille sur l'univers ;
Il est gravé dans l'or des plus vieilles couronnes,
Les premiers troubadours le mirent dans leurs
[vers.

LE BROUILLARD S'EST ENFUI...

Le brouillard s'est enfui loin du passant qui passe,
On pourra voir planer les oiseaux dans l'espace..
Les sauvages rochers se mirent dans la mer
Sous l'éternel soleil dont tout rayon m'est cher !

Pour respirer l'air frais de la savane immense
Je suivis le sentier qui longe le côteau,
Je traversai les bois connus de mon enfance,
Je fus boire à la source à l'ombre d'un bouleau.

Midi sonnait au loin sur la blonde campagne,
Je me pris à songer à mon jeune âge mort,
A mes espoirs bercés, à mes châteaux d'Espagne,
Reconstruits tant de fois, démolis plus encor !

Au renouveau des bois, aux bercements des [plages,
J'ai souvent médité la fuite des instants,
J'ai souvent contemplé l'exil des blancs nuages,
Ces drapeaux inconnus qui flottent dans le temps.

Les ruisseaux ruisselaient sur la terre fumante,
Le fleuve bondissait vers l'océan lointain ;
La chanson s'exhalait de toute lèvre aimante.....
La vie est infinie aux rayons du matin !

LES VIOLONS EMUS....

A. Moïse RAYMOND.

Les violons émus mariaient leur délire
Aux accords de la harpe et des drapeaux au vent,
Au sanglot, piano comme l'âme des lyres,
Du grand fleuve berceur rempli de firmament.

Du bourgogne très pur ensanglanta les verres
Chatoyants et soyeux comme du vif-argent ;
Des dames en dentelle avec vous les vidèrent,
C'était beau, c'était gai, chacun était content.

Rebuvez de ce vin, quand vous irez en France
Où la vie est si belle et pleine de bonté,
Vive le gai soleil qui luit sur la " Provence "!
Vive le monde entier avec sa liberté !

***

Ne pas aimer la vie ? hélas ! c'est un blasphême,
Il faut remercier Dieu pour un don aussi beau !
Malheur au cœur de pierre ignorant ce qu'il aime.
Il mérite cent fois le sommeil du tombeau ;

***

Dormez jusqu'à midi, s'il vous plait, Frère
[Jacques ;
Laissez sonner matine à la communauté ;
Mais nous, nous sortirons de nos sommeils,
[opaques,
Pour voir monter l'aurore et jouir de sa beauté !

VERS LUGUBRES

> Quand chacun a sur eux craché tous ses dédains,
> Nus, ensoiffés de grand et priant le tonnerre,
> Ces Hamlet abrouvés de malaises badins
> Vont ridiculement se pendre au réverbère.
>
> STÉPHANE MALLARMÉ.

Quand sur ce pauvre corps que tu traînes sur [terre,
La mort aura jeté son lugubre suaire :
Alors que, grimaceux, les doigts bleus et raidis,
Sur un triste grabat d'hotel ou de taudis,
De l'adieu des amis, ton heure étant sonnée,
Tu remettras à Dieu l'âme qu'il t'a donnée,
Qui voudra ramener au village natal
Ce reste de toi-même en son linceul fatal ?
Oui, qui rendra tes os au fond du cimetière,
Où dormiront déjà ton vieux père et ta mère ?
D'avance entends-tu pas le glas de ton clocher ?
D'avance vois-tu pas le prêtre s'approcher,
Et bénir cette fosse où tu devras descendre,
Tes pieds ne marchant plus ? Tu ne peux rien [comprendre ;
La vie autour de toi n'est que choses sans nom,
Rien ne peut t'éveiller, pas même le canon.
Et l'on tuerait ton fils et ta petite fille,
En crachant sur ton nom et toute ta famille,
Disant :— C'était un lâche ou bien c'était un fou—
Tu dormiras toujours, toujours au fond du trou !
Tu ne sortiras plus du fond de l'ombre noire
Pour refaire ta vie ou venger ta mémoire ;
Tu ne pourras pas même, à travers la clameur,
Agiter tes vieux os afin de faire peur !

RONDEL

Dès que je serai près de vous,
Mon âme reprendra sa fête.
Mon amour tournera ma tête,
Et j'aurai de grands rires fous,
Dès que je serai près de vous.

L'autre hier, au carré des choux,
Je jouais un tour en cachette,
Un autre aujourd'hui je projette,
Dès que je serai près de vous.

Mais pour détourner les jaloux
Qui désirent votre conquête,
Je veux avoir une défaite,
Nos entretiens seront plus doux.
Dès que je serai près de vous !

LES RYTHMES

A Alfred Pelland.

Les rythmes fiers, les rythmes fauves
Des flots sonores et puissants ;
Les rythmes secs des arbres chauves
Dont la maigreur brave les vents ;

Les rythmes berceuses ou languides
Des chapelets dits aux couvents,
Aux évocations splendides
Des jeunes âges émouvants ;

Les rythmes rouges des mitrailles
Dans la nuit creusant des sillons ;
Les rythmes gais des accordailles
Mêlés à l'âme des violons ;

Les rythmes de la gent ailée
Sur le rivage aux sables fins ;
Les rythmes des sources troublées
Aux tremblements d'astres divins ;

Les rythmes rauques des corneilles
En pélérinage aux sapins ;
Les rythmes vibrants des abeilles
Volant aux roses leur butin ;

Les rythmes clairs des hirondelles
Au long des champs d'azur serein,
Au long des moissons en javelles
Qui s'allourdissent de bons grains ;

Tous ces rythmes ont fait nos rêves
Un peu plus riches, moins humains,
Berçant nos illusions brèves,
Le long de nos plus durs chemins !

Notre vie ainsi se console
De tous les rythmes à la fois :
Il n'est pas jusqu'à ma parole
Qui n'en traduise un peu d'émoi.

LE ROCHER PERCE

A Hector Trudeau.

C'est le Rocher Percé ! quelle sombre épitaphe
Indiquant le tombeau de quelque lieu guerrier ?
Ci-git le vieux Neptune, ancien maréographe,
Sous le flot vert, profond, qu'il ne peut plus nar-
[guer

O granit menaçant, dans ton ombre on s'avance !
Tu sembles le charnier d'un peuple disparu.
N'as-tu pas abrité la dernière espérance
De pauvres nautoniers dans ce gouffre perdu ?

Mes yeux ont contemplé sous le reflet des astres
Ton lugubre profil sur l'horizon gravé :
Quels dieux ou quel enfer ont voulu ton désastre,
O vieux rocher perdu par l'océan lavé ?

La lune sur ton dos glisse comme une voile,
Et sème sa blancheur sur ton roc noir, songeur,
Tandis qu'au bord du ciel scintille mainte étoile,
Mêlant à maints rayons l'âme du voyageur ?

Des milliers d'oiseaux habitent sur ton faîte
Et narguent la fureur des flots sur ton rempart ;
Et tu fus le témoin d'indicibles défaites,
Peut-être aussi témoins des éternelles départs ;

Ou ton limon igné venu d'autres planètes
Serait-il perforé par les canons divins
Pointés sur notre globe, aux jours de quelque fête,
Décrite en l'ancien temps et qu'on évoque en
[vain ?

Caches-tu le néant où meurt toute espérance.
Avec les cœurs lassés que nul n'a secourus ?
Ayant été témoin des larmes de souffrance,
Gardes-tu le secret des pauvres disparus ?

Ton argile invaincue, au jour du grand désastre,
Immobile et tenace aux tourments redoublés,
Sera le contrefort ou le dernier pilastre
Du dernier tremblement des mondes ébranlés :

Les cratères éteints éclattés dans le vide,
Mèleront leur poussière au grand horizon bleu,
— Nul atome de vie, et rien des Pyramides, —
Reste un des sept jalons semés par le bon Dieu !

Quand l'homme aura passé, richesse et misère,
Cohortes de vaincus, rampants, petits et grands,
Ceux qui méprisent tout, dans l'oubli, dans l'or-
[nière
Étant morts, et pourris, sans ordre ou rang par
[rang,

Projette encor ton ombre au bord des eaux taries
Pour indiquer alors quelques nouveaux chemins,
Pour indiquer le ciel des nouvelles patries,
Pour inspirer le rêve à d'autres fronts humains !

***

Moi-même, en attendant, ma pensée en éveille
A vécu tout un soir son rêve échevelé :
J'ai contemplé de près une grande merveille ;
Loin du monde mon cœur s'est un peu consolé !

VOICI MES PAUVRES VERS

Voici mes pauvres vers alignés côte à côte,
D'allure différente et de différents tons :
Les uns sont lents, tandisque d'autres sautent,
C'est un troupeau sorti de mes anciens cartons.

Les voici, regardez, pareils à vos moutons,
Qui, pèle mêle, ont fui du fond de votre étable :
La critique tuera, pour mettre sur sa table,
Tuera les plus criards à grands coups de bâton.

Que celui-ci soit drôle et qu'un autre soit bête,
Eh ! ma foi, j'y souscris, mais l'ensemble va
[bien ;
Si l'on veut tout tuer, je serai de la fête ;
Car ce sont mes enfants, on tuera tout ou rien !

Québec, 24 décembre, 1911

TABLE DES MATIERES

PAGES

DU MEME AUTEUR

" La Chanson du Passant," (poésies. Montréal, 1908), édition épuisée.

" La Jonchée Nouvelle ", (poésies, Montréal, 1910), édition épuisée.

" Ode au Christ ", (poésies, Montréal, 1910), édition épuisée.

" Contes du Vieux Temps ", librairie Beauchemin Ltée, (prose, Montréal, 1910. . . . . 75c.

" Sur les Remparts ", (poésies, Québec, 1911 . . . . 50c.

La Cie d'Imprimerie Commerciale, 21, rue Sault-au-Matelot, Québec.

www.ingramcontent.com/pod-product-compliance
Ingram Content Group UK Ltd.
Pitfield, Milton Keynes, MK11 3LW, UK
UKHW021106220726
13924UKWH00004B/1548